魔法科高校の劣等生 31
未来編

The irregular at magic high school

佐島勤
Tsutomu Sato
illustration／石田可奈
Kana Ishida
illustrator assistant／ジミー・ストーン、末永康子
design／BEE-PEE

KEYWORDS

シンクロライナー・フュージョン

ブラジル国軍に所属する『十三使徒』の一人、ミゲル・ディアスが使用する戦略級魔法。別名シンクロライナー核融合。USNAより魔法式が供与されている。

攻撃目標の上空で水素プラズマ雲を衝突させることにより、核融合反応を引き起こし、その熱と衝撃波で、対象領域を破壊する。

ブラジルがデモンストレーションで使用したこともあり、『十三使徒』が使用する戦略級魔法の中では一番知られている魔法だが、ミゲル・ディアス以外の魔法師による再現はされておらず、当該魔法に関する成功例は彼の一件のみとなっている。また、同様の大規模な核融合爆発を起こす魔法は当該魔法以外に報告されていない。

二〇九七年三月三十一日、ブラジル国軍と独立派武装ゲリラの戦闘にて使用され、犠牲者は千人を超える結果となった。『シンクロライナー・フュージョン』の使用に関する国際世論の非難が殺到し、この事件をきっかけに戦略級魔法の実践投入の口火が切られた。

氷河期 ―グレイシャル・エイジ―

達也が深雪用に魔法式を構築した戦略級魔法に匹敵する超広域冷却魔法。

振動減速系広域魔法『ニブルヘイム』を拡張した魔法で、発動のプロセスに『トゥマーン・ボンバ』『海爆』で使用されたチェイン・キャストの技術が使用されている。

対象領域は海上で使用した場合、直径二十キロほどに及び、長距離の照準を必要とするため、発動には遠隔照準を可能とする特殊な専用のCADが用いられる。

The irregular at magic high school

司波達也《しば・たつや》
司波兄妹の兄。第一高校3年E組所
る深雪を『ガーディアン』として守る
と認識していること以外、全てに達
司波深雪《しば・みゆき》
達也の妹。第一高校3年A組
所属。生徒会長を務める優等
生。冷却魔法が得意。兄を溺愛
する『重度のブラコン』。

「あの男の頭上にトゥマーン・ボンバを撃ち込む」
イーゴリ・アンドレイビッチ・ベゾブラゾフ
Igor Andreivitch Bezobrazzoff
新ソ連の戦略級魔法師で『トゥマーン・ボンバ』の使い手。エドワード・クラークと共謀し、司波達也に奇襲攻撃を仕掛け、一度失敗している。

属。妹であ
べき存在だ
している。
「分かった。
こちらも準備しておこう」

「後顧の憂いを断つ為にも、あの二人は生かしておけない」

桜井水波《さくらい・みなみ》
深雪の元『ガーディアン』候補。光宣の元から帰還後は、本人の希望もあり達也と深雪のメイドとして働いている。
「明日、行くことにするわ」
アンジェリーナ=クドウ=シールズ
Angelina=Kudou=Shields
一昨年に交換留学のため、第一高校へやってきた金髪碧眼の美少女。その正体はUSNA軍最強の魔法師アンジー・シリウス。現在は巳焼島に身を隠している。

「——ステイツにとって明確な脅威となった司波達也を斃す」
エドワード・クラーク
Edward Clark
USNA国家科学局(NSA)所属の技術者。フリズスキャルヴの管理者にして、金星への移住計画である「ディオーネー計画」の発案者。

ある欠陥を抱える劣等生の兄。
全てが完全無欠な優等生の妹。
二人の兄妹が魔法科高校に入学した時から、
波乱の日々の幕が開いた――。

魔法科高校の劣等生 31

The irregular at magic high school

未来編

佐島勤
Tsutomu Sato
illustration
石田可奈
Kana Ishida

Character
キャラクター紹介

司波達也《しば・たつや》
3年E組。全てに達観している。
妹・深雪を守るべき存在として
認識している。

司波深雪《しば・みゆき》
3年A組。達也の妹。
一昨年主席入学した優等生。
冷却魔法が得意。兄を溺愛する。

西城レオンハルト《さいじょう・れおんはると》
3年F組。達也の友人。
二科生生徒。硬化魔法が得意な、
明るい性格の持ち主。

千葉エリカ《ちば・えりか》
3年F組。達也の友人。
二科生生徒。チャーミングな
トラブルメーカー。

柴田美月《しばた・みづき》
3年E組。達也の友人。
霊子放射光過敏症。
少し天然が入った真面目な少女。

吉田幹比古《よしだ・みきひこ》
3年B組。古式魔法の名家。
エリカとは幼少時からの顔見知り。

光井ほのか《みつい・ほのか》
3年A組。深雪のクラスメイト。
光波振動系魔法が得意。
思い込むとやや直情的。

北山 雫《きたやま・しずく》
3年A組。深雪のクラスメイト。
振動・加速系魔法が得意。
感情の起伏をあまり表に出さない。

英美=アメリア=ゴールディ=明智《えいみ・あめりあ・ごーるでぃ・あけち》

3年B組。クォーター。
普段は『エイミィ』と
呼ばれている。
名門ゴールディ家の子女。

里美スバル《さとみ・すばる》

3年D組。
美少年と見まごう少女。
明るくノリの良い性格。

桜小路紅葉《さくらこうじ・あかは》

3年B組。スバル、エイミィの友達。
私服はゴスロリ風で、
テーマパーク好き。

森崎 駿《もりさき・しゅん》

3年A組。深雪の
クラスメイト。CAD早撃ちが得意。
一科生としてのプライドが高い。

十三束 鋼《とみつか・はがね》

3年E組。『レンジ・ゼロ』(射程距離ゼロ)の異名を持つ。
『マーシャル・マジック・アーツ』の使い手。

七草真由美《さえぐさ・まゆみ》

卒業生。今は魔法大学生。
小悪魔的な性格を
持つものの、
攻められると弱い。

中条あずさ《なかじょう・あずさ》

卒業生。前・生徒会会長。
オドオドした性格で
引っ込み思案。

市原鈴音《いちはら・すずね》

卒業生。今は魔法大学生。
冷静沈着な頭脳派。

服部刑部少丞範蔵《はっとり・ぎょうぶしょうじょう・はんぞう》

卒業生。前・部活連会頭。
優秀だが、生真面目
すぎる一面も。

渡辺摩利《わたなべ・まり》

卒業生。真由美の親友。
物事全般にやや好戦的。

十文字克人《じゅうもんじ・かつと》

卒業生。現在は
魔法大学に進学している。
達也曰く『巌(いわお)のような人物』。

辰巳鋼太郎《たつみ・こうたろう》
卒業生。元・風紀委員。
豪快な性格の持ち主。

関本 勲《せきもと・いさお》
卒業生。元・風紀委員。
論文コンペ校内選考次点。
スパイ行為を犯した人物。

沢木 碧《さわき・みどり》
卒業生。元・風紀委員。
女性的な名前が
コンプレックス。

桐原武明《きりはら・たけあき》
卒業生。関東剣術大会
中等部のチャンピオン。

五十里 啓《いそり・けい》
卒業生。前・生徒会会計。
魔法理論に優れている。
花音とは許嫁同士。

壬生紗耶香《みぶ・さやか》
卒業生。中等部剣道大会
女子部の全国二位。

千代田花音《ちよだ・かのん》
卒業生。前・風紀委員長。
先輩の摩利同様に
好戦的。

七草香澄《さえぐさ・かすみ》
２年生。七草真由美の妹。
泉美の双子の姉。
元気で快活な性格。

七宝琢磨《しっぽう・たくま》
２年生。有力魔法師の家系で
新たに十師族入りした
『七宝』の長男。

七草泉美《さえぐさ・いずみ》
２年生。七草真由美の妹。
香澄の双子の妹。
大人しく穏やかな性格。

桜井水波《さくらい・みなみ》
２年生。達也、深雪の
従妹という立場をとる、
深雪のガーディアン候補。

隅守賢人《すみす・けんと》
２年生。両親がUSNAから
日本に帰化した、白人の少年。

安宿怜美《あすか・さとみ》
第一高校保険医。
おっとりホンワカした笑顔が
男子生徒に人気。

平河小春《ひらかわ・こはる》
卒業生。九校戦では
エンジニアで参加。
論文コンペメンバーを辞退。

廿楽計夫《つづら・かずお》
第一高校教師。
専門は魔法幾何学。
論文コンペの世話役。

平河千秋《ひらかわ・ちあき》
三年生。
達也に敵意を向ける。

ジェニファー・スミス
日本に帰化した白人。達也のクラスと
魔法工学の授業の指導教師。

三矢詩奈《みつや・しいな》
第一高校の『新入生』。
聴覚が鋭敏すぎるため、
イヤーマフを常に着けている。

千倉朝子《ちくら・ともこ》
卒業生。九校戦競技
『シールド・ダウン』の女子ソロ代表。

矢車侍郎《やぐるま・さぶろう》
詩奈の幼馴染みで、
『護衛役』を自称する。

五十嵐亜実《いがらし・つぐみ》
卒業生。元バイアスロン部部長。

五十嵐鷹輔《いがらし・ようすけ》
三年生。亜実の弟。やや気弱な性格。

小野 遥《おの・はるか》
第一高校に所属する
総合カウンセラー。
いじられ気質だが、
裏の顔も持つ。

三七上ケリー《みなかみ・ケリー》
卒業生。九校戦『モノリス・コード』
本戦の男子代表。

九重八雲《ここのえ・やくも》
古式魔法「忍術」の使い手。
達也の体術の師匠。

国東久美子《くにさき・くみこ》
卒業生。九校戦の競技
「ロアー・アンド・ガンナー」にて
エイミィとペアを組む選手。やたらフランクな性格。

一条剛毅《いちじょう・ごうき》

将輝の父親。十師族・
一条家の現当主。

一条将輝《いちじょう・まさき》

第三高校の三年生。
十師族・一条家の
次期当主。

一条美登里《いちじょう・みどり》

将輝の母親。
温和な性格で
料理上手。

吉祥寺真紅郎《きちじょうじ・しんくろう》

第三高校の三年生。
「カーディナル・ジョージ」の
異名で知られている。

一条 茜《いちじょう・あかね》

一条家の長女。
将輝の妹。中学二年生。
真紅郎に好意を抱く。

黒羽 貢《くろば・みつぐ》

司波深夜、
四葉真夜の従弟。
亜夜子、文弥の父。

一条瑠璃《いちじょう・るり》

一条家の次女。将輝の妹。
マイペースなしっかりもの。

黒羽亜夜子《くろば・あやこ》

達也と深雪の再従妹
(はとこ)にあたる少女。
文弥という双子の弟を持つ。
第四高校の生徒。

北山 潮《きたやま・うしお》

雫の父親。実業界の大物。
ビジネスネームは北方潮。

黒羽文弥《くろば・ふみや》

元・四葉家の次期当主候補。
達也と深雪の再従弟(はとこ)に
あたる少年。亜夜子という双子の
姉を持つ。第四高校の生徒。

北山紅音《きたやま・べにお》

雫の母親。かつては、振動系魔法で
名を馳せたAランクの魔法師。

吉見《よしみ》

黒羽家と縁戚関係にある四葉の魔法師。
人体に残された想子情報体の痕跡を読み取る
サイコメトリスト。極度の秘密主義。

北山 航《きたやま・わたる》

雫の弟。中学一年生。
姉をよく慕っている。
魔工技師を目指す。

鳴瀬晴海《なるせ・はるみ》

雫の従兄。国立魔法大学付属第四高校の生徒。

牛山《うしやま》

フォア・リーブス・テクノロジー
CAD開発第三課主任。
達也が
信頼を置く人物。

千葉寿和《ちば・としかず》

千葉エリカの長兄。故人。
警察省のキャリア組。

エルンスト・ローゼン

有数のCADメーカー、
ローゼン・マギクラフト
日本支社長。

千葉修次《ちば・なおつぐ》

千葉エリカの次兄。摩利の恋人。
千刃流剣術免許皆伝で
「千葉の麒麟児」の異名をとる。

九島 烈《くどう・れつ》

世界最強の魔法師の
一人と目されていた人物。
敬意を以て「老師」と
呼ばれる。

稲垣《いながき》

故人。生前は
警察省の警部補で、
千葉寿和の部下。

九島真言《くどう・まこと》

日本魔法界の長老・九島烈の
息子で、九島家の現当主。

小和村真紀《さわむら・まき》

由緒ある映画賞の主演女優部門に
ノミネートされるほどの女優。
美貌だけでなく、演技も
認められている。

九島光宣《くどう・みのる》

真言の息子。国立魔法大学
付属第二高校の二年生だが、
病気がちで頻繁に欠席している。
藤林響子の異父弟でもある。

ピクシー

魔法科高校が所有する
ホームヘルパーのロボット。
正式名称は3H
〔Humanoid Home
Helper：人型家事手伝い
ロボット〕・タイプP94。

九鬼 鎮《くき・まもる》

九島家に従う師補十八家の一つ。
九島烈を先生と呼び
敬っている。

陳祥山《チェンシャンシェン》
大亜連合軍
特殊工作部隊隊長。
非情な性格の持ち主。

呂剛虎《ルゥガンフゥ》
大亜連合軍特殊
工作部隊所属の
エース魔法師。
別名『人喰い虎』。

周公瑾《しゅう・こうきん》
大亜連合の
呂と陳を横浜に手引きした
美貌の青年。中華街に
巣くっていた、謎の人物。

リン
森崎が助けた少女。フルネームは
『孫美鈴(スンメイリン)』。
香港系国際犯罪シンジケート
「無頭竜」の新たなリーダー。

ブラッドリー・張《ブラッドリー・チャン》
大亜連合を脱走した軍人。階級は中尉。

ダニエル・劉《ダニエル・リウ》
チャンと同じく大亜連合の脱走兵。
沖縄での破壊工作の首謀者でもある。

桧垣ジョセフ《ひがき・ジョセフ》
過日における大亜連合沖縄侵攻時に達也と共に戦った
魔法師軍人。「取り残された血統(レフトブラッド)」と
呼ばれる元沖縄駐留米軍遺児の子孫。

風間玄信《かざま・はるのぶ》
陸軍101旅団・
独立魔装大隊・隊長。
階級は中佐。

真田繁留《さなだ・しげる》
陸軍101旅団・
独立魔装大隊・幹部。
階級は少佐。

藤林響子《ふじばやし・きょうこ》
風間の副官を務める
女性士官。
階級は中尉。

佐伯広海《さえき・ひろみ》
国防陸軍第101旅団旅団長。階級は少将。
独立魔装大隊隊長・風間玄信の上官。その風貌から
「銀狐」の異名を持つ。

柳 連《やなぎ・むらじ》
陸軍101旅団・
独立魔装大隊・幹部。
階級は少佐。

山中幸典《やまなか・こうすけ》
陸軍101旅団・
独立魔装大隊・幹部。
軍医少佐。
一級の治癒魔法師。

酒井《さかい》
国防陸軍総司令部所属。
階級は大佐。
対大亜連合強硬派と
目されている。

新発田勝成《しばた・かつしげ》

元・四葉家次期当主候補の一人。防衛省の職員。第五高校のOB。収束系魔法を得意とする。

四葉真夜《よつば・まや》

達也と深雪の叔母。深夜の双子の妹。四葉家の現当主。

堤 琴鳴《つつみ・ことな》

新発田勝成のガーディアン。調整体「楽師シリーズ」の第二世代。音に関する魔法に高い適性を持つ。

葉山《はやま》

真夜に仕える老齢の執事。

堤 奏太《つつみ・かなた》

新発田勝成のガーディアン。調整体「楽師シリーズ」の第二世代。琴鳴の弟で、彼女と同じく音に関する魔法に高い適性を持つ。

司波深夜《しば・みや》

達也と深雪の実母。故人。精神構造干渉魔法に長けた唯一の魔法師。

花菱兵庫《はなびし・ひょうご》

四葉家に仕える青年執事。序列第二位執事・花菱の息子。

桜井穂波《さくらい・ほなみ》

深夜の『ガーディアン』。故人。遺伝子操作により魔法資質を強化された調整体魔法師『桜』シリーズの第一世代。

アーシャ・チャンドラセカール

インド・ペルシア連邦のハイダラーバード大学教授で、戦略級魔法の『アグニ・ダウンバースト』の開発者。魔法師と非魔法師の併存を目指す国際結社『メイジアン』の設立準備を行っている。

司波小百合《しば・さゆり》

達也と深雪の義母。二人を嫌悪している。

アイラ・クリシュナ・シャーストリー

チャンドラセカールの護衛で、『アグニ・ダウンバースト』を会得した非公認の戦略級魔法師。

津久葉夕歌《つくば・ゆうか》

元・四葉家次期当主候補の一人。第一高校の元・生徒会副会長。精神干渉系魔法が得意。

アンジェリーナ＝クドウ＝シールズ

USNAの魔法師部隊『スターズ』総隊長。階級は少佐。愛称はリーナ。
戦略級魔法師「十三使徒」の一人でもある。

ヴァージニア・バランス

USNA統合参謀本部情報部内部監察局第一副局長。
階級は大佐。リーナを支援するため日本にやってきた。

シルヴィア・マーキュリー・ファースト

USNAの魔法師部隊『スターズ』惑星級魔法師。階級は准尉。
愛称はシルヴィで、『マーキュリー・ファースト』はコードネーム。
日本での作戦時は、シリウス少佐の補佐役を務める。

ベンジャミン・カノープス

USNAの魔法師部隊『スターズ』ナンバー・ツー。
階級は少佐。シリウス少佐が不在時は
総隊長を代行する。

ミカエラ・ホンゴウ

USNAより日本に送り込まれた諜報員
（ただし本職は国防総省
所属の魔法研究者）。
愛称はミア。

クレア

ハンターQ――『スターズ』になれなかった
魔法師部隊『スターダスト』の女兵士。
Qは追跡部隊の17番目を意味する。

レイチェル

ハンターR――『スターズ』になれなかった
魔法師部隊『スターダスト』の女兵士。
Rは追跡部隊の
18番目を意味する。

アルフレッド・フォーマルハウト

USNAの魔法師部隊『スターズ』
一等星魔法師。階級は中尉。
愛称はフレディ。スターズを脱走。

チャールズ・サリバン

USNAの魔法師部隊『スターズ』衛星級魔法師。
『デーモス・セカンド』のコードネームで呼ばれる。
スターズを脱走。

神田《かんだ》

民権党に所属している若手政治家。
国防軍に対して批判的な人権派である。
反魔法主義でもある。

レイモンド・S・クラーク

雫が留学したUSNA
バークレーにある高校の同級生。
なにかにつけ、雫にモーションを
掛けてくる、白人の少年。
その正体は『七賢人』の一人。

上野《こうづけ》

東京を地盤にする与党の
若手政治家。魔法師に
好意的な議員として
知られている。

近江円磨《おうみ・かずきよ》

『反魂術』に詳しいという魔法
研究家で、『人形師』と
あだ名される古式魔法師。
死体を操り人形に変える
禁断の魔法を使うと噂される。

顧傑《グ・ジー》

『七賢人』の一人。
ジード・ヘイグとも呼ばれる、
大漢軍方術士部隊の生き残り。

ジョー＝杜《ジョー・ドゥ》

顧傑の逃走を手助けする謎の男。十師族の魔法師たちから
身を躱すという困難な仕事も手際よくこなす程、
その能力は高い。

ジェームズ・ジャクソン

オーストラリアから日本・
沖縄にやってきた観光客。
しかし、その正体は——。

カーラ・シュミット

ドイツ連邦の戦略級魔法師。
ベルリン大学に研究所を
構える教授。

ジャスミン・ジャクソン

ジェームスの娘。
十二歳のはずだが、
とてもしっかりとした、
大人びた対応を
する少女。

イーゴリ・アンドレイビッチ・ベゾブラゾフ

新ソビエト連邦の戦略級魔法師。
科学アカデミーにおける
魔法研究の第一人者。

ウィリアム・マクロード

イギリスの戦略級魔法師。
国外の有名大学の
教授資格を複数持つ才人。

エドワード・クラーク

USNA国家科学局（NSA）所属の技術者。
フリズスキャルヴの管理者。

劉麗蕾《りう・りーれい》

大亜連合の戦略級魔法
『霹靂塔』の継承者となった少女。
劉雲徳の孫娘とされている。

ミゲル・ディアス

ブラジル国軍に属する戦略級魔法師「十三使徒」の一人。
戦略級魔法『シンクロライナー・フュージョン』の使い手。
顔は広く知られているが、家族情報は固く秘匿されている。

七草弘一《さえぐさ・こういち》

真由美の父で、
七草家当主。
超一流の魔法師でもある。

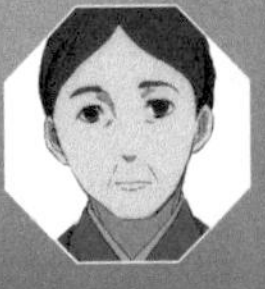

二木舞衣《ふたつぎ・まい》

十師族『二木家』当主。
兵庫県芦屋在住。
表の職業は
複数の化学工業、
食品工業会社の大株主。
阪神・中国地方を監視、
守護している。

名倉三郎《なくら・さぶろう》

七草家に雇われていた強力な魔法師。
故人。主に真由美の身辺警護をしていた。

三矢 元《みつや・げん》

十師族『三矢家』当主。神奈川県厚木在住。表の職業（と言えるかどうかは微妙なところだが）は、国際的な小型兵器ブローカー。
今も稼働する第三研の運用を
担当している。

五輪勇海《いつわ・いさみ》

十師族『五輪家』当主。愛媛県宇和島在住。
表の職業は海運会社の重役で実質オーナー。
四国地方を監視、
守護している。

六塚温子《むつづか・あつこ》

十師族『六塚家』当主。宮城県仙台在住。
表の職業は地熱発電所掘削会社の実質オーナー。
東北地方を監視、
守護している。

八代雷蔵《やつしろ・らいぞう》

十師族『八代家』当主。福岡県在住。
表の職業は大学の講師で複数の通信会社の大株主。
沖縄を除く九州地方を監視、
守護している。

十文字和樹《じゅうもんじ・かずき》

十師族『十文字家』の元・当主。東京都在住。
表の職業は国防軍を得意先とする
土木建設会社のオーナー。
七草家と共に伊豆を含む関東地方を
監視、守護している。

東道青波《とうどう・あおば》

八雲からは『青波入道閣下（せいはにゅうどうかっか）』と呼ばれる。
僧侶のように剃髪した老人だが、
素性は不明。八雲曰く四葉家の
スポンサーであるらしい。

遠山（十山）つかさ《とおやま・つかさ》

十師族の補佐をする
師補十八家『十山家』の魔法師。
国民ではなく、国家機能を守る為に
存在する。

一部イラスト協力／魔法科高校製作委員会

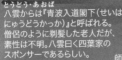

Glossary
用語解説

魔法科高校
国立魔法大学付属高校の通称。全国に九校設置されている。
この内、第一から第三までが一学年定員二百名で
一科・二科制度を採っている。

ブルーム、ウィード
第一高校における一科生、二科生の格差を表す隠語。
一科生の制服の左胸には八枚花弁のエンブレムが
刺繍されているが、二科生の制服にはこれが無い。

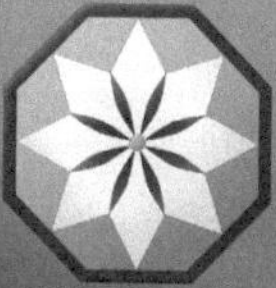
一科生のエンブレム

CAD〔シー・エー・ディー〕
魔法発動を簡略化させるデバイス。
内部には魔法のプログラムが記録されている。
特化型、汎用型などタイプ・形状は様々。

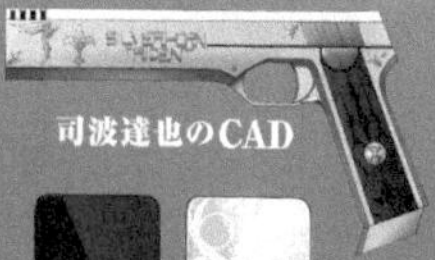
司波達也のCAD

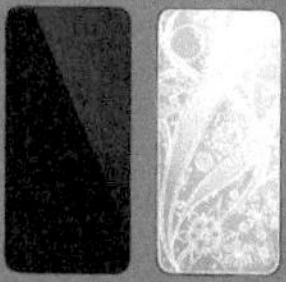
司波深雪のCAD

フォア・リーブス・テクノロジー〔FLT〕
国内CADメーカーの一つ。
元々完成品よりも魔法工学部品で有名だったが、
シルバー・モデルの開発により
一躍CADメーカーとしての知名度が増した。

トーラス・シルバー
僅か一年の間に特化型CADのソフトウェアを
十年は進歩させたと称えられる天才技術者。

エイドス〔個別情報体〕
元々はギリシア哲学用語。現代魔法学において
エイドスとは、事象に付随する情報体のことで、
「世界」にその「事象」が存在することの記録で、
「事象」が「世界」に記す足跡とも言える。
現代魔法学における「魔法」の定義は、エイドスを改変することによって、
その本体である「事象」を改変する技術とされている。

イデア〔情報体次元〕
元々はギリシア哲学用語。現代魔法学においてイデアとは、エイドスが記録されるプラットフォームのこと。
魔法の一次的形態は、このイデアというプラットフォームに魔法式を出力して、
そこに記録されているエイドスを書き換える技術である。

起動式
魔法の設計図であり、魔法を構築するためのプログラム。
CADには起動式のデータが圧縮保存されており、
魔法師から流し込まれたサイオン波を展開したデータに従って信号化し、魔法師に返す。

サイオン（想子）
心霊現象の次元に属する非物質粒子で、認識や思考結果を記録する情報素子のこと。
現代魔法の理論的基盤であるエイドス、現代魔法の根幹を支える技術である起動式や魔法式は
サイオンで構築された情報体である。

プシオン（霊子）
心霊現象の次元に属する非物質粒子で、その存在は確認されているがその正体、その機能については
未だ解明されていない。一般的な魔法師は、活性化したプシオンを「感じる」ことができるにとどまる。

魔法師
『魔法技能師』の略語。魔法技能師とは、実用レベルで魔法を行使するスキルを持つ者の総称。

魔法式
事象に付随する情報を一時的に改変する為の情報体。魔法師が保有するサイオンで構築されている。

魔法演算領域

魔法式を構築する精神領域。魔法という才能の、いわば本体。魔法師の無意識領域に存在し、魔法師は通常、魔法演算領域を意識して使うことは出来ても、そこで行われている処理のプロセスを意識することは出来ない。魔法演算領域は、魔法師自身にとってもブラックボックスと言える。

魔法式の出力プロセス

❶起動式をCADから受信する。これを「起動式の読込」という。
❷起動式に変数を追加して魔法演算領域に送る。
❸起動式と変数から魔法式を構築する。
❹構築した魔法式を、無意識領域の最上層にして意識領域の最下層たる「ルート」に転送、意識と無意識の狭間に存在する「ゲート」から、イデアへ出力する。
❺イデアに出力された魔法式は、指定された座標のエイドスに干渉しこれを書き換える。

単一系統・単一工程の魔法で、この五段階のプロセスを半秒以内で完了させることが、「実用レベル」の魔法師としての目安になる。

魔法の評価基準（魔法力）

サイオン情報体を構築する速さが魔法の処理能力であり、構築できる情報体の規模が魔法のキャパシティであり、魔法式がエイドスを書き換える強さが干渉力、この三つを総合して魔法力と呼ばれる。

基本コード仮説

「加速」「加重」「移動」「振動」「収束」「発散」「吸収」「放出」の四系統八種にそれぞれ対応したプラスとマイナス、合計十六種類の基本となる魔法式が存在していて、この十六種類を組み合わせることで全ての系統魔法を構築することができるという理論。

系統魔法

四系統八種に属する魔法のこと。

系統外魔法

物質的な現象ではなく精神的な現象を操作する魔法の総称。

心霊存在を使役する神霊魔法・精霊魔法から読心、幽体分離、意識操作まで多種にわたる。

十師族

日本で最強の魔法師集団。一条（いちじょう）、一之倉（いちのくら）、一色（いっしき）、二木（ふたつぎ）、二階堂（にかいどう）、二瓶（にへい）、三矢（みつや）、三日月（みかづき）、四葉（よつば）、五輪（いつわ）、五頭（ごとう）、五味（いつみ）、六塚（むつづか）、六角（ろっかく）、六郷（ろくごう）、六本木（ろっぽんぎ）、七草（さえぐさ）、七宝（しっぽう）、七夕（たなばた）、七瀬（ななせ）、八代（やつしろ）、八朔（はっさく）、八幡（はちまん）、九島（くどう）、九鬼（くき）、九頭見（くずみ）、十文字（じゅうもんじ）、十山（とおやま）の二十八の家系から四年に一度の「十師族選定会議」で選ばれた十の家系が『十師族』を名乗る。

数字付き

十師族の苗字に一から十までの数字が入っているように、百家の中でも本流とされている家系の苗字には“『千』代田”、“『五十』里”、“『千』葉”家の様に、十一以上の数字が入っている。

数値の大小が力の強弱を表すものではないが、苗字に数字が入っているかどうかは、血筋が大きく物を言う、魔法師の力量を推測する一つの目安となる。

数字落ち

エクストラ・ナンバーズ、略して「エクストラ」とも呼ばれる、「数字」を剥奪された魔法師の一族。

かつて、魔法師が兵器であり実験体サンプルであった頃、「成功例」としてナンバーを与えられた魔法師が、「成功例」に相応しい成果を上げられなかった為に捺された烙印。

様々な魔法

●コキュートス
精神を凍結させる系統外魔法。凍結した精神は肉体に死を命じることも出来ず、
この魔法を掛けられた相手は、精神の「静止」に伴い肉体も停止・硬直してしまう。
精神と肉体の相互作用により、肉体の部分的な結晶化が観測されることもある。

●地鳴り
独立情報体「精霊」を媒体として地面を振動させる古式魔法。

●術式解散〔グラム・ディスパージョン〕
魔法の本体である魔法式を、意味の有る構造を持たないサイオン粒子群に分解する魔法。
魔法式は事象に付随する情報体に作用するという性質上、その情報構造が露出していなければならず、
魔法式そのものに対する干渉を防ぐ手立ては無い。

●術式解体〔グラム・デモリッション〕
圧縮したサイオン粒子の塊をイデアを経由せずに対象物へ直接ぶつけて爆発させ、そこに付け加えられた
起動式や魔法式などの、魔法を記録したサイオン情報体を吹き飛ばしてしまう無系統魔法。
魔法といっても、事象改変の為の魔法式としての構造を持たないサイオンの砲弾であるため情報強化や
領域干渉には影響されない。また、砲弾自体の持つ圧力がキャスト・ジャミングの影響も撥ね返してしまう。
物理的な作用が皆無である故に、どんな障碍物でも防ぐことは出来ない。

●地雷原
土、岩、砂、コンクリートなど、材質は問わず、
とにかく「地面」という概念を有する固体に強い振動を与える魔法。

●地割れ
独立情報体「精霊」を媒体として地面を線上に押し潰し、
一見地面を引き裂いたかのような外観を作り出す魔法。

●ドライ・ブリザード
空気中の二酸化炭素を集め、ドライアイスの粒子を作り出し、
凍結過程で余った熱エネルギーを運動エネルギーに変換してドライアイス粒子を高速で飛ばす魔法。

●這い寄る雷蛇〔スリザリン・サンダース〕
『ドライ・ブリザード』のドライアイス気化によって水蒸気を凝結させ、気化した二酸化炭素を
溶け込ませた導電性の高い霧を作り出した上で、振動系魔法と放出系魔法で摩擦電気を発生させる。
そして、炭酸ガスが溶け込んだ霧や水滴を導線として敵に電撃を浴びせるコンビネーション魔法。

●ニブルヘイム
振動減速系広域魔法。大容積の空気を冷却し、
それを移動させることで広い範囲を凍結させる。
端的に言えば、超大型の冷凍庫を作り出すようなものである。
発動時に生じる白い霧は空中で凍結した氷や
ドライアイスの粒子だが、レベルを上げると凝結した
液体窒素の霧が混じることもある。

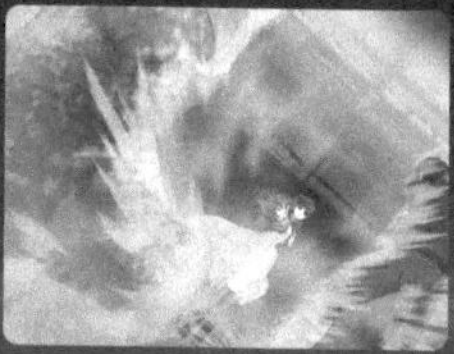

●爆裂
対象物内部の液体を気化させる発散系魔法。
生物ならば体液が気化して身体が破裂、
内燃機関動力の機械ならば燃料が気化して爆散する。
燃料電池でも結果は同じで、可燃性の燃料を搭載していなくても、
バッテリー液や油圧液や冷却液や潤滑液など、およそ液体を搭載していない機械は存在しないため、
『爆裂』が発動すればほぼあらゆる機械が破壊され停止する。

●乱れ髪
角度を指定して風向きを変えて行くのではなく、「もつれさせる」という曖昧な結果をもたらす
気流操作により、地面すれすれの気流を起こして相手の足に草を絡みつかせる古式魔法。
ある程度丈の高い草が生えている野原でのみ使用可能。

魔法剣

魔法による戦闘方法には魔法それ自体を武器にする戦い方の他に、
魔法で武器を強化・操作する技法がある。
銃や弓矢などの飛び道具と組み合わせる術式が多数派だが、
日本では剣技と魔法を組み合わせて戦う「剣術」も発達しており、
現代魔法と古式魔法の双方に魔法剣とも言うべき専用の魔法が編み出されている。

1. 高周波(こうしゅうは)ブレード
刀身を高速振動させ、接触物の分子結合力を超えた振動を伝播させることで
固体を局所的に液状化して切断する魔法。刀身の自壊を防止する術式とワンセットで使用される。

2. 圧斬り(へしきり)
刃先に斬撃方向に対して左右垂直方向の斥力を発生させ、
刃が接触した物体を押し開くように割断する魔法。
斥力場の幅は1ミリ未満の小さなものだが光に干渉する程の強度がある為、
正面から見ると刃先が黒い線になる。

3. ドウジ斬り(童子斬り)
源氏の秘剣として伝承されていた古式魔法。二本の刃を遠隔操作し、
手に持つ刀と合わせて三本の刀で相手を取り囲むようにして同時に切りつける魔法剣技。
本来の意味である「同時斬り」を「童子斬り」の名に隠していた。

4. 斬鉄(ざんてつ)
千葉一門の秘剣。刀を鋼と鉄の塊ではなく、「刀」という単一概念の存在として定義し、
魔法式で設定した斬撃線に沿って動かす移動系統魔法。
単一概念存在と定義された「刀」はあたかも単分子結晶の刃の様に、
折れることも曲がることも欠けることもなく、斬撃線に沿ってあらゆる物体を切り裂く。

5. 迅雷斬鉄(じんらいざんてつ)
専用の武装デバイス「雷丸(いかづちまる)」を用いた「斬鉄」の発展形。
刀と剣士を一つの集合概念として定義することで
接敵から斬撃までの一連の動作が一切の狂い無く高速実行される。

6. 山津波(やまつなみ)
全長180センチの長大な専用武器「大蛇丸(おろちまる)」を用いた千葉一門の秘剣。
自分と刀に掛かる慣性を極小化して敵に高速接近し、
インパクトの瞬間、消していた慣性を上乗せして刀身の慣性を増幅し対象物に叩きつける。
この偽りの慣性質量は助走が長ければ長いほど増大し、最大で十トンに及ぶ。

7. 薄羽蜻蛉(うすばかげろう)
カーボンナノチューブを織って作られた厚さ五ナノメートルの極薄シートを
硬化魔法で完全平面に固定して刃とする魔法。
薄羽蜻蛉で作られた刀身はどんな刀剣、どんな剃刀よりも鋭い切れ味を持つが、
刃を動かす為のサポートが術式に含まれていないので、術者は刀の操作技術と腕力を要求される。

魔法技能師開発研究所

西暦2030年代、第三次世界大戦前に緊迫化する国際情勢に対応して日本政府が次々に設立した魔法師開発の為の研究所。その目的は魔法の開発ではなくあくまでも魔法師の開発であり、目的とする魔法に最適な魔法師を産み出す為の遺伝子操作を含めて研究されていた。

魔法技能師開発研究所は第一から第十までの10ヶ所設立され、現在も5ヶ所が稼働中である。各研究所の詳細は以下のとおり。

魔法技能師開発第一研究所

2031年、金沢市に設立。現在は閉鎖。

テーマは対人戦闘を想定した生体に直接干渉する魔法の開発。気化魔法「爆裂」はその派生形態。ただし人体の動きを操作する魔法はパペット・テロ(操り人形化した人間によるカミカゼテロ)を誘発するものとして禁止されていた。

魔法技能師開発第二研究所

2031年、淡路島に設立。稼働中。

第一研のテーマと対をなす魔法として、無機物に干渉する魔法、特に酸化還元反応に関わる吸収系魔法を開発。

魔法技能師開発第三研究所

2032年、厚木市に設立。稼働中。

単独で様々な状況に対応できる魔法師の開発を目的としてマルチキャストの研究を推進。特に、同時発動、連続発動が可能な魔法数の限界を実験し、多数の魔法を同時発動可能な魔法師を開発。

魔法技能師開発第四研究所

詳細は不明。場所は旧長野県と旧山梨県の県境付近と推定。設立は2033年と推定。現在は閉鎖されたことになっているが、これも実態は不明。旧第四研のみ政府とは別に、国に対し強い影響力を持つスポンサーにより設立され、現在は国から独立しそのスポンサーの支援下で運営されているとの噂がある。またそのスポンサーにより2020年代以前から事実上運営が始まっていたとも噂されている。

精神干渉魔法を利用して、魔法師の無意識領域に存在する魔法という名の異能の源泉、魔法演算領域そのものの強化を目指していたとされている。

魔法技能師開発第五研究所

2035年、四国の宇和島市に設立。稼働中。

物質の形状に干渉する魔法を研究。技術的難度が低い流体制御が主流となるが、固体の形状干渉にも成功している。その成果がUSNAと共同開発した「バハムート」。流体干渉魔法「アビス」と合わせ、二つの戦略級魔法を開発した魔法研究機関として国際的に名を馳せている。

魔法技能師開発第六研究所

2035年、仙台市に設立。稼働中。

魔法による熱量制御を研究。第八研と並び基礎研究機関的な色彩が強く、その反面軍事的な色彩は薄い。ただ第四研を除く魔法技能師開発研究所の中で、最も多く遺伝子操作実験が行われたと言われている(第四研については実態が不明)。

魔法技能師開発第七研究所

2036年、東京に設立。現在は閉鎖。

対集団戦闘を念頭に置いた魔法を開発。その成果が群体制御魔法。第六研が非軍事的色彩の強いものだった反動で、有事の首都防衛を兼ねた魔法師開発の研究施設として設立された。

魔法技能師開発第八研究所

2037年、北九州市に設立。稼働中。

魔法による重力、電磁力、強い相互作用、弱い相互作用の操作を研究。第六研以上に基礎研究機関的な色彩が強い。ただし、国防軍との結び付きは第六研と異なり強固。これは第八研の研究内容が核兵器の開発と容易に結びつくからであり、国防軍のお墨付きを得て核兵器開発疑惑を免れているという側面がある。

魔法技能師開発第九研究所

2037年、奈良市に設立。現在は閉鎖。

現代魔法と古式魔法の融合、古式魔法のノウハウを現代魔法に取り込むことで、ファジーな術式操作など現代魔法が苦手としている諸課題を解決しようとした。

魔法技能師開発第十研究所

2039年、東京に設立。現在は閉鎖。

第七研と同じく首都防衛の目的を兼ねて、大火力の攻撃に対する防御手段として空間に仮想構築物を生成する領域魔法を研究。その成果が多種多様な対物理障壁魔法。

また第十研は、第四研とは別の手段で魔法能力の引き上げを目指した。具体的には魔法演算領域そのものの強化ではなく、魔法演算領域を一時的にオーバークロックすることで必要に応じ強力な魔法を行使できる魔法師の開発に取り組んだ。ただしその成否は公開されていない。

これら10ヶ所の研究所以外にエレメンツ開発を目的とした研究所が2010年代から2020年代にかけて稼働していたが、現在は全て閉鎖されている。
また国防軍には2002年に設立された陸軍総司令部直属の秘密研究機関があり独自に研究を続けている。九島烈は第九研に所属するまでこの研究機関で強化措置を受けていた。

戦略級魔法師・十三使徒

現代魔法は高度な科学技術の中で育まれてきたものである為、
軍事的に強力な魔法の開発が可能な国家は限られている。

その結果、大規模破壊兵器に匹敵する戦略級魔法を開発できたのは一握りの国家だった。

ただ開発した魔法を同盟国に供与することは行われており、
戦略級魔法に高い適性を示した同盟国の魔法師が戦略級魔法師として認められている例もある。

2095年4月段階で、国家により戦略級魔法に適性を認められ対外的に公表された魔法師は13名。

彼らは十三使徒と呼ばれ、世界の軍事バランスの重要ファクターと見なされていた。

十三使徒の所属国、氏名、戦略級魔法の名称は以下のとおり。

USNA
■アンジー・シリウス：「ヘビィ・メタル・バースト」
■エリオット・ミラー：「リヴァイアサン」
■ローラン・バルト：「リヴァイアサン」
※この中でスターズに所属するのはアンジー・シリウスのみであり、
エリオット・ミラーはアラスカ基地、ローラン・バルトは国外のジブラルタル基地から
基本的に動くことはない。

新ソビエト連邦
■イーゴリ・アンドレイビッチ・ベゾブラゾフ：「トゥマーン・ボンバ」
■レオニード・コンドラチェンコ：「シムリャー・アールミヤ」
※コンドラチェンコは高齢の為、黒海基地から基本的に動くことはない。

大亜細亜連合
■劉麗蕾（りうりーれい）：「霹靂塔」
※劉雲徳は2095年10月31日の対日戦闘で戦死している。

インド・ペルシア連邦
■バラット・チャンドラ・カーン：「アグニ・ダウンバースト」

日本
■五輪 澪（いつわみお）：「深淵（アビス）」

ブラジル
■ミゲル・ディアス：「シンクロライナー・フュージョン」
※魔法式はUSNAより供与されたもの。

イギリス
■ウィリアム・マクロード：「オゾンサークル」

ドイツ
■カーラ・シュミット：「オゾンサークル」
※オゾンサークルはオゾンホール対策として分裂前のEUで共同研究された魔法を原型としており、
イギリスで完成した魔法式が協定により旧EU諸国に公開された。

トルコ
■アリ・シャーヒーン：「バハムート」
※魔法式はUSNAと日本の共同で開発されたものであり、日本主導で供与された。

タイ
■ソム・チャイ・ブンナーク：「アグニ・ダウンバースト」
※魔法式はインド・ペルシアより供与されたもの。

スターズとは

USNA軍統合参謀本部直属の魔法師部隊。十二の部隊があり、
隊員は星の明るさに応じて階級分けされている。
部隊の隊長はそれぞれ一等星の名前を与えられている。

●スターズの組織体系

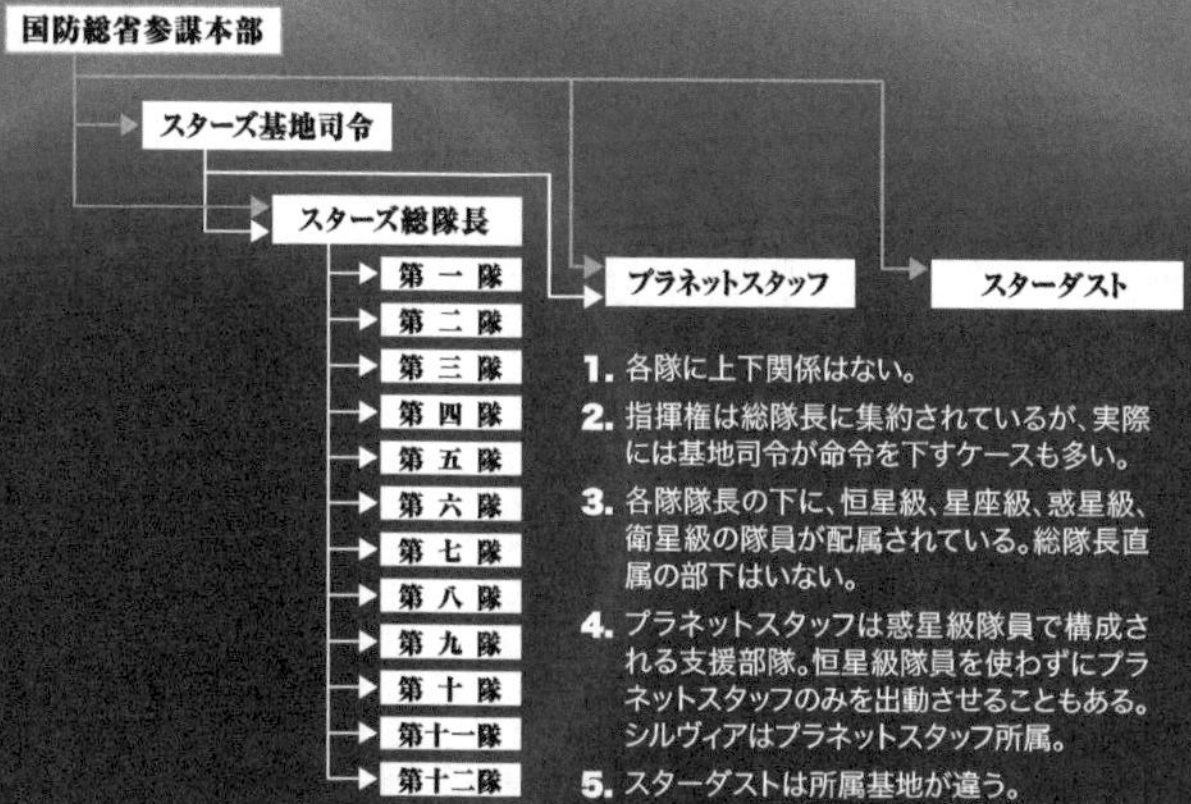

1. 各隊に上下関係はない。
2. 指揮権は総隊長に集約されているが、実際には基地司令が命令を下すケースも多い。
3. 各隊隊長の下に、恒星級、星座級、惑星級、衛星級の隊員が配属されている。総隊長直属の部下はいない。
4. プラネットスタッフは惑星級隊員で構成される支援部隊。恒星級隊員を使わずにプラネットスタッフのみを出動させることもある。シルヴィアはプラネットスタッフ所属。
5. スターダストは所属基地が違う。

総隊長アンジー・シリウスの暗殺を企てた隊員たち

• アレクサンダー・アークトゥルス

第三隊隊長 大尉 北アメリカ大陸先住民のシャーマンの血を色濃く受け継いでいる。
レグルスと共に叛乱の首謀者とされる。

• ジェイコブ・レグルス

第三隊 一等星級隊員 中尉 ライフルに似た武装デバイスで放つ
高エネルギー赤外線レーザー弾『レーザースナイピング』を得意とする。

• シャルロット・ベガ

第四隊隊長　大尉 リーナより十歳以上年上であるが、階級で劣っていることに不満を懐いている。
リーナとは折り合いが悪い。

• ゾーイ・スピカ

第四隊 一等星級隊員 中尉 東洋系の血を引く女性。『分子ディバイダー』の
変形版ともいえる細く尖った力場を投擲する『分子ディバイダー・ジャベリン』の使い手。

• レイラ・デネブ

第四隊 一等星級隊員 少尉 北欧系の長身でグラマラスな女性。
ナイフと拳銃のコンビネーション攻撃を得意とする。

司波達也の新スーツ『フリードスーツ』

四葉家が開発した飛行装甲服。国防軍が開発した『ムーバルスーツ』と比較するとパワーアシスト機能は備わっておらずデータリンク機能で劣っているが、防御性能は同等以上に向上している。

ステルス性能や飛行性能に秀でており、司波達也曰く「追跡にはムーバルスーツよりも適しているとさえ言える」。

吸血鬼《パラサイト》

精神に由来する情報生命体。

元々は異次元で形成されたとされ、マイクロブラックホール生成・消滅実験によって次元の壁が揺らぎ、現世へと顕現したと考えられている。

人間に取り憑いて変質させる魔性であり、宿主の脳を侵食する。

パラサイトたちに指揮官に該当する存在はおらず、個別の思考能力を持ちながら、意識を共有している。パラサイト同士は交信を行い、ある程度の範囲における仲間の居場所を把握し行動する。

二〇九五年度の冬に司波達也たちは一度この存在に遭遇、そして退けることに成功している。

パラサイトのネーミングはこの事件が発生した当初、犠牲者に目立った外傷が無いにも拘わらず、体内から大量の血液が失われていたことに由来する。

『アストラル・ディスパージョン』

パラサイトとの戦闘で苦戦する達也が、ついに開発した新魔法。霊子情報体をこの世界から完全に駆逐することができる。

今まで達也が使用していた情報体を想子の球体に閉じ込める無系統魔法『封玉』の効果は一時的なものであり、精神干渉系魔法に高度な適性を持つ他の魔法師によって追加的な封印処置が必要だった。

しかし、アークトゥルスとの戦闘中に達也は、精神体(霊子情報体)がこの世界に存在する為には、世界へアクセスする為の媒体となる想子情報体が必要不可欠であることを突き止める。彼は精神体の活動に伴う情報の変動を観測し、そこから逆算的にアクセス媒体として機能している想子情報体を把握、これを破壊することで、精神体をこの世界から完全に切り離す魔法を生み出した。

それが、霊子情報体支持構造分解魔法『アストラル・ディスパージョン』である。

The International Situation

2096年現在の世界情勢

　世界の寒冷化を直接の契機とする第三次世界大戦、二〇年世界群発戦争により世界の地図は大きく塗り替えられた。現在の状況は以下のとおり。

　USAはカナダ及びメキシコからパナマまでの諸国を併合して北アメリカ大陸合衆国（USNA）を形成。

　ロシアはウクライナ、ベラルーシを再吸収して新ソビエト連邦（新ソ連）を形成。

　中国はビルマ北部、ベトナム北部、ラオス北部、朝鮮半島を征服して大亜細亜連合（大亜連合）を形成。

　インドとイランは中央アジア諸国（トルクメニスタン、ウズベキスタン、タジキスタン、アフガニスタン）及び南アジア諸国（パキスタン、ネパール、ブータン、バングラデシュ、スリランカ）を呑み込んでインド・ペルシア連邦を形成。

　他のアジア・アラブ諸国は地域ごとに軍事同盟を締結し新ソ連、大亜連合、インド・ペルシアの三大国に対抗。

　オーストラリアは事実上の鎖国を選択。

　EUは統合に失敗し、ドイツとフランスを境に東西分裂。東西EUも統合国家の形成に至らず、結合は戦前よりむしろ弱体化している。

　アフリカは諸国の半分が国家ごと消滅し、生き残った国家も辛うじて都市周辺の支配権を維持している状態となっている。

　南アメリカはブラジルを除き地方政府レベルの小国分立状態に陥っている。

The irregular at magic high school

未来ハ
未ダ　来タラズ

［1］

現地時間二〇九七年七月二十二日夜、ミッドウェー基地（監獄兼補給基地）陥落。パールアンドハーミーズ基地全滅。北西ハワイ諸島に置いた二つの基地が立て続けに蹂躙《じゅうりん》されたという報《しら》せは、ホワイトハウスとペンタゴンを震撼《しんかん》させた。

ホワイトハウスは厳重な報道管制を敷き、このニュースを国民の目から徹底的に隠蔽した。同時に、ペンタゴンに対して事態の詳細な報告を求めた。

困ったのはペンタゴン——国防総省である。七月二十三日の段階で、USNA軍の総司令部は襲撃者の正体について回答できる状態ではなかった。ミッドウェー基地は一人の飛行兵が迎撃用の銃砲座を単独で破壊して侵入し、囚人を三人、連れ去ったと言うだけで、飛行兵の正体につながる手掛かりは何一つ無かった。写真すら残っていなかったのだ。

パールアンドハーミーズ基地の方はもっと悲惨な状態で、基地にいた人員は全滅。出撃して生き残った将兵は正体不明の飛行物体を目撃しただけで、唯一手掛かりらしきものといえば空母『シャングリラ』の艦長が交わした通信の記録のみ。その音声にも高度な電子的加工が施されて、米軍が保有する最高性能のコンピューターでもオリジナルの声紋を復元することはできなかった。

もっとも、襲撃者の正体について何の見当も付いていなかったというわけではない。

ＵＳＮＡ軍が開発した『スラストスーツ』を性能で明らかに上回っていた飛行戦闘スーツと、それを完璧に使いこなしていた高い技能。この二点から、米軍は襲撃者の正体を飛行魔法の開発者『トーラス・シルバー』こと司波《しば》達也《たつや》だと、ほぼ断定していた。

だが、証拠が無い。それに証拠の有無を別にしても、たった一人の魔法師、しかもまだ十八歳の少年に単独で基地を二つも落とされたと口外できるものではなかった。

ペンタゴンとしては、どれだけホワイトハウスに咎《とが》められようと「詳細不明」の建前で口を噤《つぐ》むことしかできなかった。

◇◇◇

このように、米軍を統括する国防総省は北西ハワイ諸島基地に対する襲撃をいったん棚上げすることに決めたが、ＵＳＮＡ国内にはこの事態を座視していられない者も当然に存在した。

そうした者の中で最も強く焦《あせ》りを覚えていたのはエドワード・クラークだろう。彼もまた、ミッドウェー及びパールアンドハーミーズを襲ったのは達也《たつや》だと推測していた。そしてクラークは、これが達也《たつや》の——戦略級魔法マテリアル・バーストの遣い手の——無害化を目的とした策謀と実力行使に対する、達也《たつや》からの警告を込めたデモンストレーションという側面があると解釈していた。

司波達也《しばたつや》は、「自分は戦略級魔法を使わなくてもＵＳＮＡに大打撃を与える力を持っている」と誇示して見せたのだ――クラークはそう考えた。そしてこのデモンストレーションに脅威を覚える者が議会や政府内に増えたなら、己の立場が危うくなると恐れた。

『ディオーネー計画』だけならともかく、達也《たつや》を標的として日本の本土に無法な奇襲攻撃を仕掛けたベゾブラゾフと共謀関係にあった件はどう言い繕っても正当化できない。

たとえクラークが、本当はベゾブラゾフの奇襲に反対していたとしても。

――自分が生き延びる道は、最早唯一《もはやただひと》つ。

――ステイツにとって明確な脅威となった司波達也《しばたつや》を斃《たお》す。

――ここに至っては、殺《や》るか殺《や》られるかだ。

エドワード・クラークは、そこまで追い詰められていた。

自分で自分を追い詰めていた。

◇　◇　◇

現地時間七月二十三日。クラークは今後の方針を協議すべく、まずイギリスのウィリアム・マクロードに電話を掛けた。マクロードは『ディオーネー計画』を仕掛けた当初からの同志でクラークがベゾブラゾフと袂《たもと》を分かった後も協力関係を維持してきた相手だ。

謂《い》わば戦略級魔法師・司波達也《しばたつや》を排除する陰謀の、最も信頼が置けるパートナー。少なくともクラークはそう考えていた。しかし──。

(……何故《なぜ》だ。何故《なぜ》電話に出ない)

マクロードは、クラークのコールに応えなかった。

クラークが使った番号はマクロードの個人オフィスにつながるもので、クラーク専用に割り当てられたものだ。マクロードがオフィスにいればクラークからの電話だと分かるはずだし、オフィスを留守にしていたとしても着信通知が携帯端末に届くはずだった。

それなのにマクロードは丸一日電話に出ない。コールバックも無い。これはもう、コンタクトを拒否されているとしか思えない。

(何故《なぜ》だ⁉　何があった?)

裏切られた、とクラークは思った。だがそれが事実だったとしても、クラークには何もできない。アメリカとイギリスでは、国力は明らかにアメリカが上。だがマクロードは国家公認戦略級魔法師『十三使徒』の一人であり、イギリス政府の要人だ。それに対してクラークは、表向き政府機関の一職員でしかない。クラークには、イギリス政府に圧力を掛ける方向にUSNA政府を誘導することなどできない。

(こうなれば私一人でペンタゴンを動かすしかない)

親密な同盟国であるイギリスに敵対的な行動を取らせることはできなくても、西太平洋における競合国――日本のことだ――からアメリカの覇権を脅《おびや》かす戦略級魔法師を取り除く為《ため》の謀略なら、政府を説得できる可能性は高い。クラークは、そう算盤《そろばん》を弾いた。

（その為《ため》にはフリズスキャルヴの存在も明かさなければならないかもしれないが……、それはもう、仕方が無い）

エドワード・クラークは軍のシギント（盗聴、傍受、暗号解読などによる諜報活動《ちょうほうかつどう》）システムであるエシェロンⅢの主要開発者の一人だった。フリズスキャルヴはクラークがこの立場を利用してエシェロンⅢに仕込んだバックドアを利用した、ハッキングシステムだ。フリズスキャルヴの存在が明らかになれば、クラークは国家反逆罪で終身刑に処される可能性が高い。無裁判で脳をスキャンされて廃棄処分という可能性も十分考えられる。

しかしこのままでは、どのみち彼に未来は無い。

全てを打ち明けた上で、政府相手に一か八かの取引に打って出る覚悟を、クラークは固めた。

◇　◇　◇

現地時間七月二十四日午後。エドワード・クラークはペンタゴンを訪れていた。

面会の相手は国防長官リアム・スペンサー。

彼が連邦政府の主要閣僚相手に面会のアポイントを取れたのは、エシェロンⅢ開発者の名が国防総省内ではそれなりの価値を認められているからであり、目下連邦軍にとって最大の悩みである戦略級魔法師・司波達也《しばたつや》を一度は追い詰めたディオーネー計画の発案者に対する期待の表れでもあった。

クラークは挨拶もそこそこに、早速本題に入った。

「閣下。ミッドウェーとパールアンドハーミーズの二つの基地を奇襲したのは、日本の戦略級魔法師・司波達也《しばたつや》に間違いありません」

「灼熱《しやくねつ》のハロウィンを引き起こしたグレート・ボム、いや『マテリアル・バースト』の魔法師か。根拠は？」

「物証はありません。ですが状況があの者の仕業だと物語っています」

クラークは国防長官の反問にも怯《ひる》まなかった。だがスペンサーが放った次のセリフに、しばし呼吸を忘れてしまう。

「君のご自慢のフリズスキャルヴでも分からないのか？」

「……フリズスキャルヴをご存じでしたか」

クラークは辛《かろ》うじてこの一言を絞り出した。

「エドワード・クラーク。見くびってもらっては困る。国防総省で働いている情報ネットワークの専門家は、君だけではない」

「私は見逃されていた、ということですか」

「君たちが具体的に何をしていたのかは知らない。フリズスキャルヴによるハッキングはシステムを害するものではないと判明したから、放置していただけだ」

　スペンサーが偽りを口にしているのは、改めて考えるまでもないことだった。「君が」ではなく「君たちが」と言ったことからも、スペンサー長官が『七賢人』の活動を把握していると分かる。

　自分は政府の掌《てのひら》の上で転がされていたのだと、クラークは思い知らされた。自分が見逃されていたのは『七賢人』の活動がUSNA政府の利益に反しないと見做されていたからだ。『七賢人』がその時の政権にとって脅威になると判断されていたら、政府に敵対行動を取ったオペレーター諸共《もろとも》、自分は抹殺されていたに違いない。

「それで？　北西ハワイ諸島を襲ったのが日本の戦略級魔法師だとして、君は何をすべきだと考えているのかね」

　そう問われてクラークは、思い上がっていた過去にショックを受けている場合ではないと思い出した。己の立場が考えていたよりずっと危ういものだったのであれば、余計に自分の有用性を示さなければならない。

「最早《もはや》、軍事行動を躊躇《ためら》うべきではありません。司波《しば》達也《たつや》は高い確率で、恒星炉プラントを建設中の島に滞在しています。これはチャンスです」

「フム……。首都近郊に対する攻撃には日本政府も黙っていないだろうが、百キロ以上沖の島ならば、奇襲が成功する可能性も低くないか……」

スペンサーは、思わせぶりに一呼吸置いた。

「だが……、勝てるのかね？」

そして、貫くような視線と共に問い掛けを放つ。

クラークは無意識に、唾を飲み込んだ。

「……生易しい相手でないのは、理解しています」

「そうだな。相手は大小合わせて百隻《せき》以上の艦艇を海軍基地ごと纏《まと》めて吹き飛ばす魔法の遣い手だ。物量は意味をなさないだろう」

「閣下。その結論は早計だと思われます」

スペンサーが眉を上げて、視線で説明を要求する。

クラークはここぞとばかり、身を乗り出した。

「確かに、司波《しば》達也《たつや》に対して大規模な艦隊による攻撃は無意味でしょう。爆撃機の大編隊を送り込んでも、あの魔法の餌食《えじき》になるだけです。しかしあの魔法『マテリアル・バースト』は、あくまでも一点に超強力な爆発を引き起こすもの。多方向からの攻撃に、同時に対処できるものではありません」

クラークが熱弁を振るう。

だが残念ながら、スペンサーには感銘を受けた様子が無かった。

「何故《なぜ》、そう言い切れる？」

冷静な、と言うより冷たい声の反問に、クラークは即答できなかった。

「戦略級魔法『マテリアル・バースト』を連発できないというのは楽観的な予想に過ぎない。『マテリアル・バースト』について分かっているのは質量をエネルギーに変換しているということだけで、それだって結果から推測しているに過ぎない。あれ程の破壊力を生み出す為《ため》には、質量を直接エネルギーに変換しているに違いない、とね」

「…………」

「実際には、魔法のメカニズムも限界も分かっていない。違うかね？」

クラークはスペンサーの指摘に反論できなかった。

「……しかし、ステイツにテロを働いた者を放置してはおけません」

辛《かろ》うじて彼にできたのは、このように論点を変えることだけだった。

「その点については、君の言うとおりだ」

そしてその戦術は間違っていなかった。

「だからと言って、多数のステイツ将兵を犠牲にする作戦は許可できない。――ミスター・クラーク、私の言いたいことは分かるな？」

「理解できます」

クラークはすぐに頷《うなず》き、

「ところで閣下。人間以外の犠牲も回避すべきでしょうか」

こう付け加えた。

「おかしなことを言うのだな。ミスター・クラーク、連邦軍はステイツの国民で構成されている。国民の義務を負い権利を持つのは、ステイツの国籍を有する全ての人間だ」

クラークの質問に対して、スペンサーはこう答えた。

◇　◇　◇

国防長官との面談を終えたクラークは、その足でブラジルに飛んだ。機中で一泊し、現地時間七月二十五日朝、プレジデント・ジュセリノ・クビシェッキ国際空港から首都ブラジリアのＵＳＮＡ大使館へ。大使館員の案内役と共に、今度は国内線で西部のカンポ・グランデ国際空港へ向かう。

目的地であるブラジル陸軍西部軍司令部に到着したのは現地時間で同日の午後四時、日本時間七月二十六日午前四時のことだった。

そこではブラジル陸軍西部軍参謀長フィーリョ少将と、ミゲル・ディアス少佐がクラークを待っていた。

ミゲル・ディアスは国家公認戦略級魔法師『十三使徒』の一人で、戦略級魔法『シンクロライナー・フュージョン』の遣い手。彼は今年、二〇九七年三月末、武装ゲリラの拠点に向けてその魔法を使用することで、その後立て続けに起こった戦略級魔法、大規模戦術級魔法の実戦投入の口火を切った人物だ。

その時点ではまだ、世界には戦略級魔法の実戦使用に対する忌避感が残っていた。その為《ため》か、シンクロライナー・フュージョン使用の後、ブラジルは国際社会から非戦闘員虐殺の非難を浴びた。ブラジルは虐殺を否定したが相次ぐ非難を無視することはできず、その後の戦闘でシンクロライナー・フュージョンの使用を控えている。

この対応にミゲル・ディアスが不満を覚えているのは、想像に難《かた》くない。ディアスはブラジル陸軍所属の正規軍人だ。戦略級魔法の使用は、言うまでもなく彼の独断ではない。上官の命令に従った結果だ。だが国際社会の非難を浴びたブラジル政府は、ディアスの処分を発表した。処分と言っても二週間の謹慎という軽いものだったが、ディアスにとって納得できるものであろうはずがなかった。最初の内は国際世論に対して強気な態度で臨んでいたブラジル政府だが、高まる非難に耐えきれず言い訳のようにディアスを罰したのだ。ミゲル・ディアスにしてみれば、自分一人に責任を押し付けられた格好だ。

無論政府は貴重な戦略級魔法師に対するフォロー――ご機嫌取りとも言う――を忘れなかった。多額の一時金を支給し、謹慎期間中は政府高官御用達《ごようたし》の高級リゾート施設に家族全員を招待した。無論、全ての費用は政府持ちだ。これとは別に当該リゾートの会員権を特別に発行し、それ以外にも首都の超法規的高級クラブを紹介するなど、特権階級に仲間入りした政治家だけに許されるようなお楽しみをディアスに提供した。それに加えて軍人としても、来年度の昇進を内密に確約している。

客観的に見ても、最大限のフォローを行ったと言えるだろう。それが功を奏したのか、ディアスがブラジルから離反するという最悪の事態には至らなかった。しかし、両者の溝が完全に解消されたわけでもなかった。

不満を懐《いだ》いているのはディアスだけではない。頭を下げさせられた政府の高官も、心の中に反感を隠していた。本音では「たかが兵器の分際で」と政治家は思っているのだった。

侮蔑の念は、隠そうとしても完全に隠し切れるものではない。そのような高官の本音が政府に対するディアスの隔心を更に増幅していた。ブラジル政府とディアスの関係は、この時点でかなり危うくなっていたのである。

そこに、クラークは付け入る隙を見出《みいだ》していた。

「ディアス少佐。我が国は、貴官のお力を必要としています」

ディアスが見せた反応は、クラークを無言で見返すだけだった。

だがその素っ気ない態度に、クラークは確かな手応えを感じた。

「我々は日本に対する大規模な軍事作戦を計画しています」

「日本は貴国の同盟国では？」

唐突の感を免《まぬが》れないクラークのセリフに、フィーリョ少将が当然とも言える疑問を差し挟む。

「確かに閣下の仰《おつしや》るとおりですが、我々の攻撃目標は日本政府や日本軍ではありません。我が国の軍事施設に非合法の攻撃を行ったテロリストです」

「貴国の基地を攻撃したテロリストが日本に潜伏していると？　日本政府はそれを知っているのですか？」

フィーリョ少将の質問に、クラークはわずかな逡巡《しゆんじゆん》を見せた。

「……おそらく知らないでしょう」

「おそらく？　もしかして、問い合わせていないのですか？」

フィーリョが大袈裟《おおげさ》に驚いてみせる。

「では、軍を動かすことも日本政府は了解していないと」

「テロリストの引き渡しを要求しても、ほぼ間違いなく日本政府は応じません。我が国の軍事施設にテロを仕掛けたのは、非公認戦略級魔法師・司波達也《しばたつや》ですから」

「司波達也《しばたつや》!?　あのトーラス・シルバーですか？」

今回フィーリョ少将が見せた驚きは、演技ではなかった。

「あの者がテロを働いたというのは確かな事実なのですか？　それに彼が戦略級魔法師だというのも初耳ですが」

達也《たつや》が戦略級魔法師であることは、ＵＳＮＡの上層部では既に公然の秘密と化している。日本でも十師族当主やそれに近い人々の間に知れ渡っている。

しかし、公表されている情報ではない。世界的に見れば、まだまだ知らない者——知る者のいない国の方が多かった。

「司波達也《しばたつや》は『灼熱《しゃくねつ》のハロウィン』の通称で知られる大量破壊・大量殺戮《たいりょうさつりく》を引き起こした質量・エネルギー変換《へんかん》魔法『マテリアル・バースト』を使う戦略級魔法師。これは確実な情報です」

「灼熱《しゃくねつ》のハロウィン……。あの魔法の遣い手ですか」

呆然《ぼうぜん》とフィーリョ少将が呟《つぶや》く。一方、ディアスは沈黙したままだ。

「……しかし、貴国の基地が大規模魔法に見舞われたという話は耳にしておりません。二年前、極東で使用されたような魔法が使用されれば、どれ程厳重な報道規制を敷いても隠せないと思いますが」

フィーリョの指摘に、クラークが一瞬だけ苦い表情を浮かべる。

「……今回のテロ攻撃で司波達也《しばたつや》はマテリアル・バーストを使用しませんでした」

「それで襲撃犯が司波達也《しばたつや》であると断定した根拠は？」

クラークは俯《うつむ》いてフィーリョの視線から目を逸《そ》らした。

「——状況から見て、実行犯はあの者に間違いありません」

「つまり物証は無いと？」

問い詰めるフィーリョ。

　クラークは即答できない。

「ミスター・クラーク。貴方《あなた》は何者かに基地が攻撃されたのを逆用して、貴国の脅威となり得る戦略級魔法師の排除を目論《もくろ》んでいるのではありませんか？　元々ディオーネー計画も、その為《ため》のものだったのでは？」

「参謀長閣下。良《い》いではありませんか」

　答えに窮したクラークを救ったのは、ディアスだった。

「非公式の作戦に明確な根拠など必要無いでしょう。脅威に感じている、それだけで兵を派遣する理由としては十分です。それにこちらとしても、侵攻作戦の援軍を正式に求められるより秘密作戦の方が日本との外交を考えれば都合が良《い》い。いざとなったら俺の独断ということにしてしまえば、ダメージは最小限に抑えられます」

「少佐はそれで良《い》いのか？」

　フィーリョがそう訊《たず》ねたのも当然だろう。ディアスは言外に、いざとなれば自分を切り捨てろと言っているのだ。フィーリョの問い掛けには、自棄《やけ》になった部下を案じているようなニュアンスがあった。

「現状も大して違わないでしょう」

　ディアスの答えは、政府を批判するものと受け取られても仕方のない放言だった。

「……そうだな」

しかしフィーリョは、ディアスを咎《とが》めなかった。

戦略級魔法の使用を非難する国際世論に対して、ディアス一人を悪者にすることでお茶を濁した政府のやり方には、フィーリョも不満を覚えていたのである。

「それに……いえ」

「それに、なにかね。少佐、客人の前だからといって、遠慮しなくても良い」

「……魔法を使えない魔法師に価値はありません。それと同じように、シンクロライナー・フュージョンを使えない俺は無価値です」

「少佐は魔法を使えないのではなく、使わないだけだろう」

「使う機会が無い。使う能力が無い。どちらも結果は同じです」

「使わなくても、使えるという事実が抑止力になる。戦略兵器とはそういうものだ」

「しかし政府は、シンクロライナー・フュージョンの実戦投入を非難する国際世論を受《う》け容《い》れた。もう俺の戦略級魔法は使わないと認めたも同然ではありませんか。ゲリラ連中も、きっとそう考えていますよ」

今世紀の世界大戦後、南米大陸で国家の態《てい》をなしているのはブラジルのみ。

他の地域は数百平方キロメートルの狭い地域を辛《かろ》うじて勢力下に置く武装集団がテリトリーを奪い合っている。ちなみに日本の淡路島《あわじしま》が約六百平方キロメートルで、南米大陸においてそれ以上の面積を掌握している武装集団は一割程度しか存在しない。

ディアスがシンクロライナー・フュージョンを放った相手は、その一割に含まれる大規模武装集団の一つだった。ブラジル政府は相手を国家として承認していないから、ゲリラ呼ばわりも間違いとは言えない。

「参謀長閣下。俺は、殺潰しにはなりたくありません。北アメリカがシンクロライナー・フュージョンを放つ機会を作ってくれるというなら、俺は喜んでついて行きますよ。弟もきっと、同じ気持ちです」

ディアスの訴えを聞いてフィーリョ少将が考え込んでいた時間は、わずかなものだった。

「ミゲル、君の言うことはもっともだ」

フィーリョの呼び掛けが階級からファーストネームに変わった。だが、口調は部下に対するもののままだ。呼称を変えたのは親しみを示したわけではなく、別の理由がありそうだった。

「シンクロライナー・フュージョンの有効性を示すことは、国軍の利益にもなる。ミスター・クラーク」

「何でしょう」

いきなり話を振られても、クラークはまごつかなかった。

「日本に対する非公式作戦の期間はどの程度ですか？」

「長くても一ヶ月以内に決着するでしょう」

「そうですか」

フィーリョは一つ頷《うなず》き、視線を再度ディアスへと転じた。

「ミゲル。私の権限で『ディアス少佐』に一ヶ月間の休暇を与える。また、その間の所在を明らかにする必要は無い。アントニオには君からそう伝えたまえ」

「了解です、閣下」

ミゲル・ディアスが立ち上がってフィーリョ少将に敬礼する。

まるで「ディアス少佐」がミゲル・ディアスとは別に存在するような言い方に戸惑っているのは、クラークの随行員だけだった。

◇◇◇

大亜連合軍の侵攻を退けた後、新ソ連の戦略級魔法師イーゴリ・アンドレイビッチ・ベゾブラゾフはモスクワに戻らず、ハバロフスクに留まっていた。

彼が極東から動かなかったのは、達也《たつや》を抹殺する機会を窺《うかが》っているからだ。ベゾブラゾフは六月上旬と下旬、二度にわたって達也《たつや》を爆殺する目的で戦略級魔法トゥマーン・ボンバを放ち、二度とも失敗した。それどころかトゥマーン・ボンバを補助する貴重なクローン体と、トゥマーン・ボンバを放《はな》つ為《ため》の移動基地とも言える列車搭載型大型CADまで破壊され、自身も深刻なダメージを受けるという完敗を喫した。プライドが高いベゾブラゾフは、この敗北の雪辱に執念を燃やしていた。

日本に近いこのハバロフスクで彼は達也《たつや》の動向に関する情報を集めているのだが、より日本に近いウラジオストクではなくこの地を滞在場所に選んだのは他にも理由がある。ハバロフスクは帝政ロシアの時代から新ソ連とその前身となる国の極東における中心都市だった。今世紀前半に一時期、その地位をウラジオストクに奪われたが、第三次世界大戦後の新ソ連ではハバロフスクが東の首都的な役割を果たしている。

日本や大亜連合に関する情報なら、ウラジオストクの方が早いかもしれない。だが新ソ連が集めた世界の最新情報は、ハバロフスクにいる方が入手しやすいのである。

ベゾブラゾフが注目しているのは、日本だけではなかった。

そもそも最初に達也《たつや》を脅威と見做《みな》し、協力してこの脅威を取り除こうと持ち掛けてきたのはUSNAのエドワード・クラークだ。USNAは内部で司波《しば》達也《たつや》排除に賛成する勢力と反対する勢力に分裂しているが、クラークがこのままじっとしているはずはないと、ベゾブラゾフは確信していた。

彼がウラジオストクではなくハバロフスクに滞在しているのは、日本と共にUSNAの動向をいち早く知る為《ため》だった。だから、ベゾブラゾフが七月二十六日の当日中にこの情報をキャッチしたのは、新ソ連軍情報部の実力からすれば当然だったかもしれない。

（クラークはミゲル・ディアスを引っ張り出したか）

エドワード・クラークは追い詰められているようだ、というのが、ベゾブラゾフが懐《いだ》いた最初の感想だった。

（自国の戦略級魔法師を動かせず、ブラジルに借りを作ることを選ぶとはな……）

アンジー・シリウスが行方をくらませていることを、ベゾブラゾフは摑《つか》んでいる。

また、USNAはシリウス以外にも二人の国家公認戦略級魔法師を抱えているが、その二人、エリオット・ミラーとローラン・バルトは戦略上の要衝であるアラスカ基地とジブラルタル基地の切り札であり、容易に動けない。

しかし、USNAの戦略級魔法師がその三人だけとは考えられない。確実に非公認の戦略級魔法師を何人か、もしかしたら十人以上隠し持っているはずだ。

（何かその者たちを動かせない理由があるのか……。いや、動かす許可が下りないのだろう）

もしかしたらUSNAでは、司波達也《しばたつや》と敵対すべきではないと主張する勢力が優位になっているのかもしれない。

（――まあ、どうでも良《い》いことだな）

そこでベゾブラゾフは思考を中断した。クラークやUSNA国内の事情など、彼にとってはまさにどうでも良かった。

（これはチャンスだ）

ベゾブラゾフの目的は達也《たつや》の抹殺。彼が心に刻まれた屈辱を克服する為《ため》には、それがどうしても必要になっていた。

（日本の領土に奇襲を掛けるのはＵＳＮＡにとっても小さくない賭けだ。失敗は許されない。かなりの兵力を投入してくるだろう）

（クラークの軍事的才能は未知数だが専門家を補佐に付けるだろうし、あっさり撃退されてしまう可能性は低い）

（いくら司波《しば》達也《たつや》でも、奇襲を受けている最中は他に意識を割いている余裕は無いはずだ）

（奇襲部隊との交戦中を狙って、あの男の頭上にトゥマーン・ボンバを撃ち込む）

ベゾブラゾフはクラークを、達也《たつや》諸共《もろとも》葬《ほうむ》り去《さ》ることに決めた。

◇　◇　◇

達也《たつや》を巡る策謀は、日本国内でも蠢《うごめ》いていた。

「――佐伯《さえき》少将、それは少し強引ではないか？」

「何故《なぜ》ですか、参謀長」

七月二十六日夕方近く。陸軍第一〇一旅団司令官の佐伯《さえき》少将は、陸軍総司令部を訪れ参謀長と面談していた。

「巳焼島《みやきしま》は全島が私有地ですが、関東州に所属する日本の領土です。防衛の為《ため》に国防軍を駐留させるのは当然ではありませんか」

「私有地だからだ。差し迫った危機もない状況で、所有者の許可無く国防軍を駐留させることはできない。この程度の理屈を理解できない君ではないだろう」

「あの島は月初に不正規部隊の攻撃を受けたばかりです。十分、非常事態に該当すると考えますが」

食い下がる佐伯《さえき》に、大友《おおとも》参謀長はため息を漏らした。

「あの時は我々の出撃を待たず、独自の守備隊だけで撃退したではないか。月初の襲撃を理由に部隊の駐留を認めさせるのは、難しくはないかね」

大友《おおとも》は四葉家《よつばけ》の肩を持っているわけではなかった。心情的には、佐伯《さえき》の提案に賛成だ。国土が外国勢力の攻撃を受けて、それを民間戦力が撃退した。国防軍には出る幕が無かったというのは、軍の制服組として面白いはずがない。

ただ実際問題として、作戦時以外で私有地に部隊を置くのは難しい。

相手が一般市民なら政治的に何とでもなるかもしれないが、巳焼島《みやきしま》の実質的な所有者はあの四葉家《よつばけ》だ。身内に政治家がいるとか大物議員の有力な後援者になっているとか、その様な事実は無いが、四葉家《よつばけ》が政界に強い影響力を有しているのは紛れもない事実だ。

国防軍とも非公式な業務を通じて協力関係にある。

参謀長としても、気に食わないからといって機嫌を損ねるわけには行かない相手だと認識していた。

「それこそが問題なのです、参謀長閣下。民主主義国家において、シビリアンコントロールに従わない私的な戦力の存在など認めて良いはずがありません。義勇兵はあくまでも一時的なものでなければならないのです」

しかしどうやら佐伯《さえき》の判断は、大友《おおとも》とは異なるようだ。

「少将は、四葉家《よつばけ》に武装解除を求めるつもりか？」

敢《あ》えて火中の栗《くり》を拾おうとしている佐伯《さえき》に、大友《おおとも》は「本気か？」という意図を込めて訊《たず》ねた。

「民主主義の原則を守る為《ため》には避けて通れないことです、参謀長閣下」

佐伯《さえき》は揺るぎない眼差《まなざ》しで、大友《おおとも》の目を見返した。

［2］

七月二十七日土曜日。達也《たつや》は巳焼島《みやきしま》の病院を退院した。

ちょうど一週間前、乗っていた船に沿岸警備隊の警備艦が激突し、彼は大怪我《おおけが》を負った。その治療の為《ため》、ずっと入院していた——ことになっている。

事実は異なるのだが、この偽装入院は達也《たつや》のアリバイ作りを目的としたものだったので、最後まで手を抜くことはできなかった。部外者を病院から完全に締め出しているにも拘《かか》わらず、彼はわざわざ前日の夜にベッドの身代わり人形——生体と同じ材料を使った精緻な物だ——と入れ替わり、朝起きて病室を出るところから始める、そこまで徹底した。

「お兄様、ご退院おめでとうございます」

病院の玄関ロビーには、花束を抱えた深雪《みゆき》が待ち構えていた。言うまでもなく深雪《みゆき》は達也《たつや》の入院が偽装だと知っている。だが花束を差し出す満面の笑顔は、偽装工作を徹底する為《ため》というより達也《たつや》の退院を——人目を気にせず一緒にいられるようになったことを、心から喜んでいるように見えた。

「ありがとう、深雪《みゆき》」

達也《たつや》は笑いながら花束を受け取った。その笑顔は「仕方がないな……」というニュアンスのものだったが、苦笑というより深雪《みゆき》に対する深い愛情が滲《にじ》み出《だ》していた。

深雪《みゆき》の隣にはリーナが同行していたが、今日ばかりは彼女もため息や呆《あき》れ顔《がお》は見せなかった。

「おめでとう、タツヤ。これでようやく、自由に動けるわね」

「ああ。リーナにも不自由な思いをさせたな」

「仕方が無いわ。怪我人を放ってはおけないもの」

リーナのセリフはカムフラージュの為《ため》のものだ。だが、全く実質が無いわけではなかった。達也《たつや》の退院を待って、リーナも新たな行動に移る予定になっていた。

◇　◇　◇

達也《たつや》が退院したという情報は、その日の内に海を渡った。

病院内は部外者の立ち入りを禁止してあったが、島への出入りまでは禁じられていない。この島の恒星炉プラントは非軍事的魔法利用のモデルケースという性格が強く、その成功は世界に広く報じられることが望ましい。マスコミとの絶縁は、達也《たつや》としても好ましくなかった。

それにそもそも達也《たつや》が退院を演じて見せたのは、彼がこの一週間のアリバイを国防軍やＵＳＮＡに印象づける為《ため》だ。ジャーナリストを装《よそお》う課報員《ちょうほういん》や課報組織《ちょうほうそしき》の協力者になっている記者には、きちんと雇い主に報告してもらわなければ演技の甲斐《かい》が無かった。

——司波《しば》達也《たつや》退院の情報をベゾブラゾフは当日中にハバロフスクで、クラークは一日遅れてハワイへ向かう輸送機の中で受け取った。

◇　◇　◇

巳焼島《みやきしま》が重犯罪魔法師用刑務所だった頃の管理スタッフ居住施設は、今も引き続き四葉家《よつばけ》スタッフ用の宿舎として使用されている。リーナがこの島に匿《かくま》われていた時も、旧管理スタッフ居住棟を利用していた。新たに巳焼島《みやきしま》の管理者として赴任した新発田《しばた》勝成《かつしげ》も、この八階建てのビルの一階に婚約者の堤《つつみ》琴鳴《ことな》と共に住んでいる。——本家からは七階を勧められたのだが、勝成《かつしげ》はステータスよりも緊急時にすぐ対応できることを優先した。

そして最上階の八階には、真夜《まや》が島を訪問した際の専用宿泊室と、達也《たつや》と深雪《みゆき》が別宅として使用する部屋が新たに用意されていた。

「お帰りなさいませ、達也《たつや》様、深雪《みゆき》様」

「ただいま」

「ただいま、水波《みなみ》ちゃん」

「いらっしゃいませ、リーナ様」

「お邪魔するわね、ミナミ」

その別宅で達也《たつや》たちを待っていたのは、三日前に連れ戻した水波《みなみ》だった。

彼女はそのまま、達也《たつや》と深雪《みゆき》のメイドに復帰している。最初深雪《みゆき》は水波《みなみ》に、病院でしっかり検査を受けた方が良《い》いと勧めた。だが水波《みなみ》は当日からの復帰を強く望み、最終的に深雪《みゆき》の方が折れた。

二人の押し問答に、達也《たつや》は口を挿《はさ》まなかった。

口を出さなかったといえば、光宣《みのる》と行動を共にしていた時のことを、達也《たつや》も深雪《みゆき》も水波《みなみ》に訊《たず》ねなかった。

水波《みなみ》には告白衝動に見舞われているような素振りが時々見られたが、その都度深雪《みゆき》が別の話題を振ったり達也《たつや》が簡単だが手間の掛かる用事を言い付けたりして、逃避行には触れないようにしている。

達也《たつや》、深雪《みゆき》、水波《みなみ》の三人は、表面上以前と変わらない生活を取り戻していた。


「明日、行くことにするわ」

リーナが達也《たつや》に向かってそう告げたのは、四人で昼食を共にした後のお茶の席でのことだった。

「予定どおりだな。了解した」

達也《たつや》が応えたとおりリーナが明日、七月二十八日にカノープスを保護している原子力潜水空母『バージニア』に向かうのは、一昨日から計画されていたことだった。

「出発は？」

「夜明け前に発《た》つつもり」

「分かった。こちらも準備しておこう。地下ポートに四時で構わないか？」

巳焼島《みやきしま》の地下には、海中に通じている隠し港がある。達也《たつや》が北西ハワイ諸島に向かった際も、そこから出発した。

「……やっぱり悪いわ。スラストスーツまで用意してもらったんだし、独りでも大丈夫よ」

リーナが遠慮して見せているのは、達也《たつや》が途中までエアカーで送っていくという話になっているからだ。

達也《たつや》が立てたプランでは『バージニア』とのランデブーポイント上空までエアカーで送っていき、そこから米軍の飛行戦闘服『スラストスーツ』のレプリカを着たリーナが海中に飛び込んで移乗する段取りになっている。

「こちらの都合もあることだ」

達也《たつや》が言うように、単なる親切心で送っていこうとしているのではない。スラストスーツやムーバルスーツのように小さな物でも軍事衛星の監視網には捉えられてしまう。『バージニア』には海中で乗り込むから搭乗する姿は衛星のカメラに映らないが、巳焼島《みやきしま》を飛び立った魔法師が西太平洋の真ん中に飛び込む姿を見られたら、達也《たつや》と『バージニア』の協力関係が暴かれてしまうかもしれない。高度なステルス機能を備えたエアカーを使うのは、秘密を守る為《ため》だった。

「カーティス上院議員に迷惑は掛けられないからな。リーナが気に病む必要は無い」

「そうね……。じゃあ、お言葉に甘えさせてもらう」

隠密行動《おんみつこうどう》の必要性はリーナも理解している。彼女は殊勝な顔で頷《うなず》いた。

◇　◇　◇

二十七日午後。四葉《よつば》本家ではティータイムに黒羽貢《くろばみつぐ》を客として迎えていた。

「それで貢《みつぐ》さん、直接報告したいことって何かしら」

「通信でも良かったのかもしれませんが、偶《たま》には麗《うるわ》しきご尊顔を直接拝見したいと存じまして」

真夜《まや》の問い掛けに、貢《みつぐ》は表面上恐縮している顔で前口上を述べた。

「そういうのは良《い》いですから」

真夜《まや》の反応は、あいにくと素っ気ない。

貢《みつぐ》は風向きが悪いと判断して、態度を真面目なものに改めた。

「陸軍の倉知《くらち》少尉から昨日、一報がありました」

「倉知《くらち》さん？　確か、陸軍参謀部に勤めている子だったわよね？」

「ええ、そうです。去年任官したばかりの新米ですが、上官の評価は高いようですよ」

二人が話題にしている倉知《くらち》少尉は、黒羽《くろば》家《け》が防衛大経由で国防軍に送り込んだ女性士官だ。いきなり参謀部に配属されるのは異例と言えるが、黒羽《くろば》家《け》、そして四葉《よつば》本家で情報員として子供の頃からエリート教育を施された下地を考えれば、それ程不思議ではないかもしれない。

「どんなお話だったのかしら」

「佐伯《さえき》少将が大友《おおとも》参謀長の許《もと》へ面会に来まして。巳焼島《みやきしま》に軍の部隊を置くべきだと主張したとのことです」

「なる程……。佐伯《さえき》閣下はあの島が欲しいようですね」

真夜《まや》の推測に、貢《みつぐ》は笑顔で頷《うなず》く。

「守備隊駐留という建前で、巳焼島《みやきしま》を施設ごと接収したいのではないでしょうか」

貢《みつぐ》の笑みは、佐伯《さえき》に向けた嘲笑だった。

「正規軍以外の兵力は認められない、とか理由を付けていましたが、本音は民間人に功を奪われるのが面白くないのでしょう」

「貢《みつぐ》さん、そんなことを言うものではないわ。シビリアンコントロールに従わない常設兵力の存在を許さないというのは、建前としては正しいのですから」

貢《みつぐ》をたしなめる真夜《まや》の顔にも、人の悪い微笑《ほほえ》みが浮かんでいる。

「――もっとも、民間人にだって自衛の権利はあるのですけど」

真夜《まや》はそう付け加えて、ティーカップを優雅に口元へ運んだ。

「それで、如何《いかが》致しましょうか」

薄笑いを消して、シリアスな口調で問う貢《みつぐ》に、真夜《まや》は軽く目を見張った。

「あら、珍しい。達也《たつや》さん絡《がら》みの案件で、貢《みつぐ》さんがそんなにやる気を見せるなんて」

からかうように、ではなく本気で意外感を示す真夜《まや》の反応に、貢《みつぐ》は軽く顔を顰《しか》めた。

「恒星炉事業は最早《もはや》彼だけのものではありません。成功すれば、四葉家《よつばけ》に大きな利益をもたらす一大プロジェクトです。妨害は排除すべきで、そこに私情を差し挟む余地はありません」

「そうですね。相手は国防軍です。仲間割れしている場合ではありません。貢《みつぐ》さんがそれを理解してくれていて良かったわ」

真夜《まや》の唇は薄らと笑みを浮かべたままだが、彼女の双眸《そうぼう》は念を押すように、釘《くぎ》を刺《さ》すように強い光を放っていた。

貢《みつぐ》は真夜《まや》の眼差《まなざ》しから逃れるように、座ったまま頭を下げて了解の意を示した。

「例の件、どこまで進んでいますか」

目を伏せたままの貢《みつぐ》に、真夜《まや》が問い掛ける。

「証拠は揃《そろ》いました。何時《いつ》でも仕掛けられます」

貢《みつぐ》は顔を上げて、自信の滲《にじ》む表情で真夜《まや》の質問に答えた。

「では来週、蘇我《そが》閣下のご都合が良《い》い時にお目に掛かるとしましょう。葉山《はやま》さん、閣下のご予定をうかがっておいてもらえるかしら」

『蘇我《そが》閣下』というのは、国防陸軍総司令官・蘇我《そが》大将のことだ。真夜《まや》の斜め後ろに控えていた葉山《はやま》は「かしこまりました。直ちにお調べします」と応えて、背後の扉から出て行った。

◇　◇　◇

二十八日未明、午前三時三十分。

「おはようございます。リーナ様」

「ふえっ⁉　な、なにっ？」

七階の自分の部屋——ここで言う部屋とはマンションやアパートの住居の意味だ——の寝室で寝ていたリーナは夢見心地の中、突然声を掛けられて、跳ね起きた拍子に危うくベッドから転げ落ちそうになった。

ベッドの端でバランスを取り、寝惚《ねぼ》け眼《まなこ》をこすってリーナが見上げた先には、黒の半袖ワンピースの上に白いエプロンを着けた水波《みなみ》が隙の無い姿勢で立っていた。

「……ミナミ。ここ、ワタシの部屋なんだけど」

声音に非難を込めてリーナが訴える。

「存じております」

しかし、水波《みなみ》は平然とした態度を崩さない。

「何故《なぜ》アナタがワタシの部屋にいるの？」

リーナの声に苛立《いらだ》ちが加わる。そこで彼女は、自分の両手が小さな目覚まし時計を強く握っているのに気付いた。デジタル時計の文字盤を見て、リーナは目を見張った。

「しかもまだ三時半じゃない！」

「はい。ご指示をいただいたお時間です」

「指示……？」

リーナが訝《いぶか》しげに眉《まゆ》を顰《ひそ》める。きっかり三秒が経過した後、彼女は「あっ！」と声を上げた。

「目覚まし時計で起きられないかもしれないから、三時三十分になったら様子を見に来て欲しいと鍵をお預かりしました。もしまだ寝ていたら、起こして欲しいとも」

「そうだったわね……」

リーナは恥ずかしそうに頬を赤らめながら水波《みなみ》の主張を認めた。

昨晩、深雪《みゆき》たちと夕食を共にした席で、確かにリーナは水波《みなみ》にそう頼んだ。だが彼女はあくまでも、保険のつもりでしかなかったのだ。

スターズの任務では、真夜中や夜明け前に出撃することも度々《たびたび》だった。その際、起床に他人の手を借りたことは無い。去年の冬の「吸血鬼事件」では補佐役のシルヴィア准尉から「お寝坊さん」呼ばわりを受けたが、実際に惰眠を貪ったのは任務の予定が無い一日だけだ。

彼女は今日も、自分で起きられる自信があった。だから「起こして」と頼んでいたことを、すっかり忘れていたのである。

「……起こしてくれてありがとう。すぐに支度するわ」

「お手伝いいたしますか？」

「ありがとう。でも、結構よ。それよりタツヤに少し遅れると謝っておいてくれないかしら」

「かしこまりました」

丁寧なお辞儀の後、水波《みなみ》が寝室を後にする。

リーナは目覚まし時計をサイドテーブルに置いて、両手で自分の頬を挟み込むようにピシャリと叩《たた》き、気合いを入れて立ち上がった。

午前四時十五分。

スラストスーツ（レプリカ）を着込んだリーナが約束の時間に十五分遅れで地下ポートに到着すると、そこには達也《たつや》だけでなく深雪《みゆき》と水波《みなみ》も待っていた。

水波《みなみ》はリーナを起こしに来た時と同じメイドスタイル、深雪《みゆき》は涼しげなサマードレス姿だ。

「……ミユキ、わざわざお見送りに来てくれたの？」

水波《みなみ》に向けた御礼《おれい》の言葉や達也《たつや》に向けた謝罪の言葉が出てこなかったのは、リーナが深雪《みゆき》に目を奪われていたからだ。シフォン素材のワンピースはスカートこそおとなしめのミモレ丈だが、上半身は両肩がむき出しのキャミソールネックラインで何とも艶《なま》めかしい。

今朝の深雪《みゆき》は、少女の域を超えた色気を醸《かも》し出《だ》していた。——いや、「醸《かも》し出《だ》す」という表現はいささか控えめすぎるかもしれない。彼女はこの地下の空間を、大人でもあり少女でもある危うい色香で充《み》たしていた。

「あら。違うわよ、リーナ」

軽い意外感を見せて否定の返事を返した深雪《みゆき》に、リーナは心の中で「そうでしょうとも」と頷《うなず》く。

（どうせ、タツヤのお見送りなんでしょ）

リーナは自覚していなかったが、その心の声は拗《す》ねた口調で呟《つぶや》かれていた。

「お見送りじゃなくて、私も途中まで送らせてもらうの」

「えっ⁉」

直前の勘違いが、リーナの驚きを増幅した。

「ミユキもエアカーに乗るの？」

「エアカーの飛行システムとステルスシステムは独立した機能だ。深雪《みゆき》がステルスシステムを分担することで隠蔽はより完璧なものになるし、俺は飛ぶのに専念できる」

達也《たつや》の答えは、リーナの問い掛けの背後にある感情を考えれば的外れなものだった。だが、正鵠《せいこく》を射た答えでは、深雪《みゆき》の行動を誤解していたリーナが気まずい思いをする羽目に陥っただろう。もしかしたら達也《たつや》は、わざと論点をずらしたのかもしれない。

「では、行くとしようか」

彼がどのような意図だったにせよ、出発前に余計で質《たち》の悪《わる》い混乱が生じることは無かった。

水波《みなみ》に見送られて、達也《たつや》、深雪《みゆき》、リーナの三人を乗せたエアカーは海の中に突入した。夜明け前の海中は文字通り一寸先も見えない完全な暗闇。そこを達也《たつや》はライトを点《つ》けず後ろ向きに突き進んでいく。

エアカーの推進力は、水の中であっても重力制御魔法だ。車体に掛かる地球の重力の方向を進行方向から引っ張られる形に改変している。空気中であればほぼ自由落下状態となり車内は人工衛星の中と同様に重力を感じなくなる。しかし水の抵抗を無視できない水中では、絶えず進行方向へと自分を引き寄せる重力を乗員は意識せずにいられない。

達也《たつや》がエアカーを後ろ向きに進ませているのは、進行方向に向かって生じる加重をシートベルトで受け止めるより背もたれに預けた方が、深雪《みゆき》たちが楽だろうと考えたからだ。

確かにその方が肉体的な負担は少ない。前向きだと、ずっとブレーキを掛け続けている車に乗っているようなGを感じることになる。後ろ向きに進んでいる今は、シートの座面には体重が掛かっておらず、背中にだけ軽い加重を感じ続けている状態だ。

十分も進まない内に、リーナは自分がどのような体勢でいるのか分からなくなってしまった。

車体と車内には慣性中和の魔法が働いており、窓の外は闇一色。どちらに進んでいるのかの、手掛かりもない。

薄暗い車内で浮いているのか座っているのか、前進しているのか後退しているのかも分からない不確かな状態。後部座席に一人で座っているリーナは、徐々に強まっていく不安に心を圧迫されていた。

「ねえ、タツヤ。ライトを点《つ》けなくて良いの？」

遂《つい》にリーナはプレッシャーに耐えられなくなり、運転席の達也《たつや》に話し掛けた。

「点《つ》けない方が良《い》い。海中ではあまり役に立たない。発見されるリスクを徒《いたずら》に高めるだけだ」

「でも海山《かいざん》とか鯨とかにぶつかったら危ないんじゃない？」

「この辺りにこの深度で衝突するような海山《かいざん》はない。それに、ライトを点《つ》けなくても外の状況は『視《み》』えている」

「……何それズルい」

リーナが妙に子供っぽく不平を鳴らす。

唇を綻ばせた深雪《みゆき》が、助手席からリーナへと振り返った。

「リーナ、もしかして怖いの？」

「こ、怖くなんかないわ！」

深雪《みゆき》の口調は揶揄《やゆ》するようなものではなかったが、リーナは顔を赤くして間髪入れず言い返した。

「……ただ外の様子が分からないから、少し不安になっただけよ」

すぐにリーナのトーンが下がったのは、むきになっては深雪《みゆき》のセリフを認めるようなものだと考えたからだろう。とはいえ完全なポーカーフェイスは為《な》し得《え》ず、リーナは少し恥ずかしそうにそう付け加えた。

「敵が何処《どこ》に潜んでいるのか分からない、みたいな感じかしら？」

「そう、それよ」

「リーナはアメリカ軍の少佐殿ですものね。わたしには分からない感覚だわ」

本気なのかからかっているのか分からない口調で呟《つぶや》いた深雪《みゆき》が、達也《たつや》へ目を向ける。

「お兄様。リーナの気持ちも理解できなくはないと思います。そろそろ空に上がっては如何《いかが》でしょうか」

「そうだな。予定より少し早いが浮上することにしよう」

こともなげに達也《たつや》は頷《うなず》いた。

「予定より早いって、巳焼島《みやきしま》から十分に離れなくて大丈夫なの？」

深雪《みゆき》のリクエストに不安を覚えたのは、切っ掛けを作ったリーナだった。

「もうすぐ日本海溝だ。カムフラージュには十分だろう」

「日本海溝って……まだ三十分くらいしか経《た》っていないのに!?」

達也《たつや》が告げた現在位置に、リーナが驚きの声を上げる。

「一体どれだけスピードが出てるのよ？」

「最高で時速四百キロメートルだな」

「時速四百キロってことは……水中で二百ノット超ですって!?」

密閉されたエアカーの車内にリーナの叫び声が轟《とどろ》く。

深雪《みゆき》は不快げに顔を顰《しか》めたが、達也《たつや》は平然として眉も動かさなかった。

「大袈裟《おおげさ》に驚く程ではないだろう。前世紀のスーパーキャビテーション魚雷でも二百ノットを記録している。このエアカーは国防軍のムーバルスーツや君たちのスラストスーツと同じ様に、周囲に空気の繭を形成し飛行中の抵抗を軽減する。水中ではこの空気の繭がスーパーキャビテーションと同じ効果を発揮するんだ」

「……そういうものなの？」

「現実を否定しても意味は無い」

完全に納得しているようには見えなかったが、リーナはそれ以上質問も反論もしなかった。

車体を上に向けて、エアカーが海面へ浮上する。後ろ向きで潜航していたエアカーを進行方向に向かって反転させ、さらに水平ポジションから仰角を大きく取る姿勢に移行したのだが、リーナも深雪《みゆき》もその変化を感じなかった。四十五度を超えた角度で急上昇していると彼女たちが認識したのは、海面を離れた瞬間だった。

巳焼島《みやきしま》から東に二百キロの海域は日の出の直後。朝日に煌《きら》めく海面が、自分たちが乗るエアカーの体勢を二人に教えた。

わずかに夜の色を残した空へ、エアカーは真っ逆さまに落ちていく。——外から見れば仰角六十度で急上昇している状態だが、「落ちている」というのが深雪《みゆき》とリーナの、嘘偽《うそいつわ》り無い実感だった。

「深雪《みゆき》、ステルスコントロールを頼む」

「は、はいっ」

景色に見入っていた深雪《みゆき》が、達也《たつや》の指示に慌てて応えを返す。電磁波迷彩魔法の制御が達也《たつや》から深雪《みゆき》に手渡された。外気温と同じ波長の赤外線と単色の可視光のみを放出し、他の電磁波を一切反射しない魔法のスクリーン。その偽装魔法から解放された達也《たつや》は飛行魔法に力を集中する。

エアカーは瞬《またた》く間《ま》に、時速一千キロに達した。

原子力潜水空母『バージニア』とのランデブーポイントは、日本の東千キロ、水深二百メートルの海中だ。『バージニア』は昨晩から当該海中に待機していることになっている。

だが本当に約束のポイントで待っているのかどうかは、通常の手段では知り得ない状態だった。

ミッドウェー監獄およびパールアンドハーミーズ基地襲撃の手助けをしたことを含め、『バージニア』が取った一連の行動は正式な命令に基づくものではない。現在位置を知る者も、太平洋艦隊司令部の一部の者に限られている。傍受の恐れがある信号や通信を発信するのは不可能な状況だ。

しかしそれはあくまでも、通常の手段では分からないということに過ぎない。達也《たつや》の「眼《め》」は百キロ手前から既に原潜空母の位置を捉えていた。

「リーナ、着いたぞ」

エアカーを『バージニア』の直上上空、海抜十メートルに停止させ、達也《たつや》は振り向いてリーナに声を掛けた。

「入り方は分かるな？」

潜水艦は通常、水中でクルーが乗り降りすることを想定していない。しかし、表向きは禁止されている原子炉を搭載した潜水艦には、秘匿性を高める為《ため》に水中で使える出入り口が設けられていた。

「大丈夫よ。バージニアは初めてだけど、同型艦には乗った経験があるから」

リーナの返事に頷《うなず》いて、達也《たつや》は後部座席の扉を開放した。

「タツヤ、色々とありがとう。何か決まったら連絡するわね」

リーナは軽く手を振り、十メートル下の海面にダイブした。

◇　◇　◇

原潜空母『バージニア』のパッシブソナーは、リーナが海に飛び込んだ音を捉えていた。

「分単位でほぼ時間どおりか。日本人が時間に几帳面《きちょうめん》というのは、嘘《うそ》ではないらしい」

ソナー員からの報告を受けてマイケル・カーティス艦長は感心しているのか呆《あき》れているのか分《わ》かり難《にく》い口調で呟《つぶや》いた。

「係の者は御《お》客様《きゃくさま》の乗艦準備に掛かれ。水中ハッチを使用するのは久し振りだ。浸水を招くようなドジは踏むなよ」

「アイ・アイ・サー」、という返事が重なって聞こえる中で、一人の壮年士官がここに――戦闘《C》指揮所《IC》に入室する。その士官は、そのまま艦長席に歩み寄った。

「艦長」

「カノープス少佐。シリウス少佐を名乗る少女が間も無く到着するようだよ。真《ま》っ直《す》ぐ潜れば良いだけだから、道に迷ったりはしないはずだ」

カーティス艦長が先回りするようにそう告げる。

今この場にカノープスが姿を見せる理由はリーナ関連以外に無い。

「そうですか」

それを証明するようにカノープスが相槌《あいづち》を打つ。

「でしたら私も、彼女を出迎えたいのですが」

その上で、ＣＩＣに足を運んだ用件を切り出した。

「良《い》いとも。許可しよう」

もしリーナとカノープスが手を組んで暴れたら、この巨大潜水艦といえど簡単に沈んでしまう。カノープスはリーナに対する人質になり得る存在であり、逆もまた言える。艦の安全を考えれば二人を簡単に引き合わせるべきではないのだが、その様な懸念《けねん》を全く懐《いだ》いていないカーティスはカノープスの要望に快く許可を出した。

カノープス——ベンジャミン・ロウズはマイケル・カーティスにとって伯母の孫、上流階級の間ではそれ程遠くない血のつながりだ。それにこの仕事は一族の重鎮であるワイアット・カーティス上院議員の強い要請によるもの。今更カノープスを疑う理由は何処《どこ》にも無かった。

「ありがとうございます、艦長」

敬礼するカノープスに、カーティスは座ったまま答礼した。

◇　◇　◇

リーナを降ろして帰途につくエアカーの車内は、達也《たつや》と深雪《みゆき》の二人きりの密室。誰にも邪魔をされない空中デートのシチュエーションであるにも拘《かか》わらず、深雪《みゆき》は浮かない顔だ。

「どうした、深雪《みゆき》」

深雪《みゆき》が何事か言い難《にく》そうにしているのを察して、達也《たつや》は自分から話し掛けた。

「何か訊《き》きたいことでもあるのか？　ここにいるのは俺たちだけだ。他人に聞かれる心配は要らない」

重ねて問われ、深雪《みゆき》が躊躇《ためら》いがちに口を開く。深雪《みゆき》も、決して第三者に聞かれる心配の無い状況だからこそ、心に秘めた不安の種について相談するかどうか迷っていたのだ。

「水波《みなみ》ちゃんのことですが」

「ああ」

達也《たつや》は水波《みなみ》に関する話題であることを予期していたような口調で相槌《あいづち》を打った。

「お兄様、水波《みなみ》ちゃんにゲートキーパーの魔法をお使いになっては……いませんよね？」

『ゲートキーパー』は魔法式が魔法師の精神から対象となる事象へ投射される際の通路である『ゲート』を監視し、魔法式の通過を検出した直後、当該魔法式を破壊することで魔法技能を無効化する技術だ。

「使っていない。水波《みなみ》の症状にゲートキーパーは無意味だ」

前述したとおり『ゲートキーパー』は作成された魔法式を発動過程で破壊する魔法。魔法式を構築する魔法演算領域の活動を制限するものではない。水波《みなみ》の心身を脅《おびや》かす「魔法演算領域のオーバーヒート」を防ぐ効果は無い。

「何故《なぜ》そんなことを？」

「それは……」

深雪《みゆき》の瞳に迷いが過《よぎ》る。

「水波《みなみ》から魔法力が感じられないからか？」

口ごもった深雪《みゆき》の代わりに、達也《たつや》が答えを口にする。

深雪《みゆき》は達也《たつや》に向けていた両目を見開いた。

「わたしの気の所為《せい》ではなかったのですね？」

「気の所為《せい》ではない。水波《みなみ》の魔法を行使する能力は、完全に封じられている。感覚の方は一応活《い》きているようだが……もしかしたらそちらも、大幅に制限されているかもしれない」

「感覚まで……。光宣《みのる》君が何かしたのでしょうか」

顔一杯に不安を湛《たた》えて深雪《みゆき》が訊《たず》ねる。

彼女が何を恐れているのか、改めて確かめるまでもなかった。

「今のところパラサイトの痕跡は発見できない」

達也《たつや》が苦い表情を浮かべているのは、深雪《みゆき》の不安を完全に取り除くことのできない自分を不《ふ》甲斐《がい》ないと感じているからだ。

「それはわたしもです。しかしパラサイトに関しては……」

「……自らパラサイトになり、しかも自我を保っている光宣《みのる》は、パラサイトに関して俺たちより遥《はる》かに多くの知識とノウハウを持っている。あいつが本人の同意も無く水波《みなみ》にパラサイトを取《と》り憑《つ》かせるとは思えない、いや、思いたくないが、水波《みなみ》の魔法演算領域を不活性化するのに俺たちの知らないパラサイト絡《がら》みの技術を使っている可能性は否定しきれない」

「お兄様の『眼《め》』でも分かりませんか？」

「残念だが、俺の『精霊の眼《エレメンタル・サイト》』は精神の領域に届かない」

「そう、ですね……。失礼いたしました」

達也《たつや》の視力が霊子《プシオン》情報体の構造を認識できないことは、深雪《みゆき》も重々理解していた。ただ、魔法であれば精神に干渉するにも想子《サイオン》情報体を介して行う。達也《たつや》はそれを視ることで、精神干渉系魔法をも視認し、分析し、分解する。

だからもしかしたら、光宣《みのる》の「魔法」も達也《たつや》ならば見抜けるのではないかと深雪《みゆき》は考えたのだった。

「いや、お前の気持ちは良く分かる。水波《みなみ》の状態を懸念《けねん》しているのは、俺も同じだ」

「一体どうすれば……」

暗い表情で俯《うつむ》く深雪《みゆき》。何か手立てがないか、知恵を振り絞っているのが傍目《はため》にも分かる。そうしている間もエアカーに作用するステルス魔法を揺るぎなく維持しているのは、さすがと言えよう。

五分ほどその状態が続いた後、深雪《みゆき》の口から「そうだ……」という呟《つぶや》きが漏れた。

「八雲《やくも》先生なら光宣《みのる》君が何をしたのか、お分かりではないでしょうか」

「そうだな……。頼んでみるか」

精神干渉系魔法の専門家なら四葉《よつば》家《け》にもいる。いや、その成り立ちからして十師族の中で質・量ともに最も多くの精神干渉系魔法の遣い手を抱えているのが四葉《よつば》家《け》だ。

それなのにこの場で、例えば津久葉《つくば》家《け》の名が上がらなかったのは、二人が四葉《よつば》家《け》よりも八雲《やくも》を信用している、というより今でも四葉《よつば》家《け》を信用し切れていない証《あかし》だった。

◇◇◇

海面から海底方向へ真《ま》っ直《す》ぐ進んだリーナは、『バージニア』の所へ迷わずたどり着いた。

――軍事に関する限り、彼女はそれほど、、、ドジを踏まない。

リーナは艦体上部にのぞいているワイヤーアンテナの先端を摑《つか》み、艦内との有線通信接続を確立する。

「バージニア、こちら特殊作戦軍魔法師部隊スターズのアンジー・シリウス少佐。乗艦許可を願いたい」

リーナの予想に反して、応えはすぐに返ってきた。

『こちら太平洋艦隊バージニア艦長マイケル・カーティス大佐だ。貴官の乗艦を認める。素顔で入ってきてもらいたい』

返信を寄越したのが艦長直々というのも予想外なら、偽装魔法を解いて入ってこいという指示も意外だった。

『アンジー・シリウスがこんな所にいるはずはないからな。心配しなくてもクルーには、スターズ総隊長を名乗る四葉家《よつばけ》のエージェントがやって来ると伝えてある』

しかし理由を説明されれば納得できた。

「了解」

リーナはアンテナから手を離して接続を切り、艦体後部に回り込む。

彼女は後部魚雷発射管を改造した水中乗降路に侵入した。

「ベン！　よく無事で……！」

エアロックになっている二重ハッチを通り抜けたリーナは、出迎えの列に見えるカノープスの姿に、クルーに敬礼するのもヘルメットを脱ぐのも忘れて声を上げてしまう。

「リーナ、貴女《あなた》こそ」

カノープスが「総隊長」と呼ばなかったのは艦長が語った「設定」を遵守しているからだ。不自然さが一切無いのは演技力の有無ももちろんだろうが――大人は日常的に、シチュエーションに合わせて違う自分を演じている――、リーナに対し「総隊長」ではなくティーンの少女として接することにカノープスが慣れていたのが大きい。

彼にはリーナより二歳年下の娘がいる。だからだろう、『シリウス』に課せられた暗殺任務に苦悩するリーナを放っておけず何かと世話を焼いていた。

そんなカノープスに、リーナも精神的に依存していた面がある。彼女がカノープスの境遇を特別気に掛けていたのはその為《ため》だ。

感動の（？）再会を見守る原潜クルーはそうした事情を知らなかったが、彼らの眼差《まなざ》しは好意的なものだった。

周囲から注がれる生温かい視線に気付いて、リーナは今更のように姿勢を正しヘルメットのシールドだけを上げた状態で敬礼する。クルーの答礼を受けて、彼女はヘルメットを脱いだ。

ヘルメットの中に押し込められていた長い髪が流れ落ち、クルーの間から感嘆のため息が漏れる。一口に金髪《ブロンド》と言っても、リーナの物ほど純金に近い輝きを持つ髪は珍しい。その煌《きら》めきに縁取られている顔も希有《けう》の美貌だ。口笛が聞こえなかっただけ、抑制が効いているのだろう。

クルーたちの反応はリーナにとって――アンジー・シリウスではなくアンジェリーナ・シールズにとって、慣れたものだった。彼女は特に気にした素振りも無く、カノープスに対し「艦長にご挨拶したいのですが」とリクエストした。

「リーナ、ついてきてください」

カノープスは丁寧すぎない口調で応え、リーナを先導してCICに足を向けた。


艦長との対面が終わりリーナは今、潜水艦の中とは思えない立派な部屋でカノープスと向かい合っている。カーティス艦長が自分の部屋を貸してくれたのだ。

艦長室には机とベッドだけでなくソファセットまで揃《そろ》っていた。カノープスに勧められるまま三人掛けソファの右端にリーナは腰を下ろす。

「ベン、私が出て行った後のことを教えてください」

向かい側にカノープスが座るのを待って、彼女はそう問い掛けた。

「私も総隊長が脱出した後、すぐにミッドウェーへ送られたので、大したことはお話しできませんが……」

カノープスはそう前置きして、自分がミッドウェー監獄に送られた経緯を説明した。

「……カペラ少佐はパラサイトに屈していなかったのですね？」

スターズ第五隊隊長、ノア・カペラ少佐。スターズ恒星級魔法師の中で最年長、軍歴もまた最長。スターズ本部基地司令のウォーカー大佐もカペラの言葉は無視できないという、権限はともかくとして影響力ではリーナやカノープスを上回る隊員だ。カペラがパラサイト陣営につかなかったという情報に、リーナはホッと胸を撫《な》で下《お》ろした。

「カペラ少佐は中立です。こちらの味方になったわけではありませんよ」

「敵にならなかっただけで十分ですよ。他の隊長の態度はどんな感じですか？」

スターズは総隊長シリウスの下《もと》、十二の隊に分かれている。隊長がそれぞれの隊を専制的に支配しているわけではないが、隊長のスタンスは制度上の指揮権以上に部隊の行動を左右する。

「ハーディがお伝えしていると思いますが」

カノープスが口にした『ハーディ』というのは彼が隊長を務める第一隊の隊員ラルフ・ハーディ・ミルファク少尉のことだ。ミルファク少尉はスターズ本部基地でパラサイトによる叛乱《はんらん》が生じた際、リーナの脱出を助けて彼女をアルバカーキ空港まで送り届け、その後消息を絶っている。

「第三隊アークトゥルス大尉、第六隊リゲル大尉、第十一隊アンタレス少佐がパラサイト化しています。第四隊のベガ大尉もおそらく、パラサイトになっているでしょう」

「シャル――ベガ大尉には日本で会いました。彼女とデネブ少尉、レグルス中尉は四葉家《よつばけ》の魔法師に斃《たお》され、取《と》り憑《つ》いていたパラサイトの本体も封印されました」

「そうでしたか。四葉《よつば》の魔法師が……」

カノープスが言葉を切って考え込む。

四葉家《よつばけ》の戦闘力に警戒感を懐《いだ》いているのだろうか。彼の沈んだ表情を見て、リーナはそう思った。

　カノープスが沈黙に閉じこもっていた時間は短かった。

「……私がミッドウェー監獄に護送された時点で明確にパラサイト側だった部隊長はその四人です。これは私の推測ですが、現在も状況は変わっていないでしょう。部隊長を含めた恒星級の隊員が新たにパラサイト化していることはないと思います。ですが、衛星級やスターダストの中でパラサイトが増殖している可能性は否定できません」

「そうですね。衛星級隊員はともかく、スターダストはパラサイト化が延命につながるかもしれませんし……。それを望んでパラサイトになるのなら、私には責められません」

　目を伏せて哀《かな》しげに呟《つぶや》いたリーナが、気を取り直した表情でカノープスに視線を戻した。

「――とにかく、本部基地に残っている恒星級のパラサイトは第六隊だけということですか」

　リーナのセリフに、カノープスが眼差《まなざ》しで説明を求める。

「四葉家《よつばけ》の――いえ、隠しても仕方ありませんね。達也《たつや》に聞いたのですが、アークトゥルス大尉とアンタレス少佐、サルガス中尉も達也《たつや》が既に斃《たお》しているそうです」

　アークトゥルスは達也《たつや》が月初に輸送機の中で、上旬にその幽体と高尾山《たかおさん》上空で戦った相手で、正確に言えば殺したのではなく封印中だ。

　アンタレス少佐とサルガス中尉は先日、パールアンドハーミーズ基地に向かう途中に駆逐艦『シュバリエ』の甲板で達也《たつや》と交戦し、彼の『アストラル・ディスパージョン』で滅ぼされている。

「達也《たつや》というと、質量・エネルギー変換《へんかん》魔法の戦略級魔法師・司波《しば》達也《たつや》ですか？」

「そうです」

「私をミッドウェーから出してくれたのもその男ですね？」

達也《たつや》はミッドウェー監獄でカノープスに名乗っていない。顔も見せてない。だが去年の冬にもスターズの標的になっていた達也《たつや》の情報をしっかり記憶に留《とど》めていたカノープスは、自分を脱獄させた魔法師の正体に気付いていた。

「ええ」

頷《うなず》いたリーナは、この時達也《たつや》の素性隠蔽について深く考えていなかった。もしかしたら、達《たつ》也《や》が顔を隠していた可能性にすら思い至らなかったかもしれない。

リーナは自分が軽率な真似《まね》をしたという自覚皆無で、すぐに話題を変えた。

「スピカ中尉の消息は分かりませんが、彼女のことは気にしなくて良いでしょう」

――いや、話を戻した。

「スピカ中尉はベガ大尉が巳焼島《みやきしま》を攻撃した際に、同じ船に乗っていました」

「巳焼島《みやきしま》というのは、総隊長が保護されていた四葉家《よつばけ》の拠点ですね？」

カノープスの質問に、リーナが「そうです」と頷《うなず》く。

「スピカ中尉は義理堅い性格です。ベガ大尉やデネブ少尉の仇《かたき》を取らずに、本部へ帰還することはないでしょう」

「そうですね。確かに彼女には、そういうところがありました」

リーナの推測にカノープスが賛同を示した。

「……総隊長は本部基地に戻るおつもりですか？」

その上でリーナがこれからどうするつもりなのか、彼女の言葉から割り出してみせる。

「そのつもりです。何時《いつ》までも逃げ回っているみたいに思われるのは不本意ですし、ベンも脱獄囚の汚名に甘んじるつもりはないでしょう？」

「……そうですね」

カノープスの目に好戦的な光が宿る。リーナにカノープスを挑発する意図は無かったが、結果を見れば彼女の答えは彼の心に火を点《つ》けたようだ。

「それに、これ以上スターズをパラサイトの好きにさせられません。幸い、手強《てごわ》いパラサイトは達也《たつや》が斃《たお》してくれました。今がやつらの影響力を一掃するチャンスだと思います。ベン、力を貸してください」

「もちろんです、総隊長」

リーナの頼みに、カノープスは力強く頷《うなず》いた。

◇◇◇

達也《たつや》の超知覚力は『精霊の眼《エレメンタル・サイト》』と名付けられているが、透視や遠隔視のように映像を捉えるものではない。『精霊の眼《エレメンタル・サイト》』は視覚情報を含めたあらゆる物理的な情報と想子《サイオン》情報体によって構成される魔法的情報を認識する能力だ。思考を読むことはできないが、声に出された言葉であればその意味を耳で聞いているのと同様に理解できる。

そこに物理的な距離は関係無い。魔法の障碍《しょうがい》となるのは物理的な距離ではなく、情報的な距離だ。対象の位置情報が実感として把握できていれば――抽象的な数字の羅列ではなく確かにそこにある、あるいはそこにいるという実感を伴って認識できれば、魔法は問題無く行使できる。

『精霊の眼《エレメンタル・サイト》』は全ての物理的、魔法的情報を五感で体験する以上の確かさで使用者にもたらす。そこには検索対象の位置情報も含まれる。位置情報を読み取ることで相手の実在を認識し、相手を実感することで位置情報を確定するというのはある種の循環定義のようにも思われるが、実際には二つの認識が同時に成立しているわけではない。

達也《たつや》は観測・記録済みの個体情報――その者を他者から識別する情報――を手掛かりに位置情報を取得し、今度はその座標に「眼《め》」を向けて個体情報を発見することでその相手が「そこにいる」という事実を確定している。名前だけしか知らないような存在の位置を特定できる程、彼の『精霊の眼《エレメンタル・サイト》』は万能ではなかった。また『仮装行列《パレード》』のようにエイドスレベルで位置情報を偽装されると、「眼《め》」を向けるべき正しい座標が入手できず位置確定に失敗してしまう。

今回のケースでは探す相手が良く知っている相手であり、またコンタクトを取る時間もあらかじめ決めてあったので、達也《たつや》は魔法的な妨害を受けることも無くすんなり彼女を「視界」に収めた。

日本時間七月二十八日午後四時。

「リーナ、聞こえるか？」

達也《たつや》は巳焼島《みやきしま》の自分の部屋で、虚空《こくう》に向かって話し掛けた。

(感度良好よ、タツヤ)

太平洋海中の原潜空母『バージニア』でリーナの発した言葉が、意味となって達也《たつや》の意識に流れ込む。

リーナが受け取っているのは達也《たつや》の魔法で再現された彼の声だ。達也《たつや》は振動系魔法により、リーナの耳元の空気を振動させることで自分の声を届けている。独り言のように実際に声を出しているのは、魔法で一から音声を合成するより実際に空気を震わせている音を複製する方が簡単だからだ。そして達也《たつや》はリーナの応えを、『精霊の眼《エレメンタル・サイト》』で読み取っている。

こうして二人は巳焼島《みやきしま》と通信封鎖中の『バージニア』艦内の間で意思疎通を実現させていた。

「カノープス少佐とはゆっくり話せたか？」

（ええ、タツヤ。艦長にもすごく良くしてもらって……。貴方《あなた》の御蔭《おかげ》よ。本当にありがとう）

「カーティス艦長の対応は俺の功績ではないさ。それで、今後の方針は？」

（それなんだけど……）

リーナが口ごもる。達也《たつや》の超知覚能力はそんな細かいニュアンスまで情報として忠実に伝達した。

「帰国することに決めたか」

（え、ええ。やっぱり一度、戻ろうと思う。今の不安定な立場のままじゃ、貴方《あなた》たちにも迷惑を掛けると思うから）

「迷惑などではないが、君がそうすべきだと考えたのならそうした方が良《い》いだろうな」

（ありがとう、タツヤ。身辺整理が終わったら、ワタシの方から連絡するわ。ミユキにもそう伝えてもらえるかしら）

「分かった、伝えておく。では、元気でな」

そうメッセージを送って、達也《たつや》はコンタクトを切断した。

◇◇◇

「ええ、貴方《あなた》も……って、もう切れてるのか」

達也《たつや》との会話は彼の魔法技能による一方的なものだ。通信機のように、分《わ》かり易《やす》いインジケーターは無い。

ただ何となく、自分に向けられていた視線が去ったような感じはあった。ここと巳焼島《みやきしま》をつないでいた魔法を達也《たつや》が解除したのだ、とリーナは判断した。

「……まさか、こっそりのぞいたりしていないわよね？」

試しに、敢《あ》えて声に出して呟《つぶや》いてみる。

達也《たつや》から抗議の声は返ってこない。

「……タツヤのシスコン」

恐る恐る呟《つぶや》いたこの一言にも、やはり反応は無い。

(どうやら間違いないようね)

リーナは今度こそコンタクトの切断を確信して緊張を解いた。達也《たつや》が使う『精霊の眼《エレメンタル・サイト》』の性質をリーナは詳しく知らない。ただ視覚・聴覚を包含する極めて高度な遠隔感知《リモートセンシング》だということは理解していた。

今だって声を拾っていただけではないはずだ。一方的に見られていると意識するのは、酷《ひど》く気疲れするものだった。多分リーナでなくても、誰でもそうだろう。彼女くらいの年頃で、見ている相手が異性なら尚更《なおさら》だ。

単に達也《たつや》が反応を返さないだけで、ずっと監視されている可能性もあるとリーナは気付いていた。だが彼女はそれを考えないようにしている。見られていると意識しなければ、緊張で精神的に消耗することもない。時々「大丈夫、タツヤはああ見えて紳士だから」と自分に言い聞かせる必要はあったが。

彼女は椅子から立ち上がり、ベッドにごろりと横になった。まだ就寝には早すぎる時間だが、ここはカーティス艦長が手配してくれた高級士官用の個室だ。多少だらしない真似《まね》をしても、見咎《みとが》める者はいない。

リーナは寝転んだまま、手を使わずに靴を脱いだ。そのまま蹴飛ばすようにして靴を床に放る。上の階に深雪《みゆき》が住んでいるビルの中では、見られていないと分かっていても、こういうだらしない振る舞いは何故《なぜ》かできなかった。

肩の力をすっかり抜いて、リーナはこれからのことに思いを馳《は》せる。

(まずはベンに被《かぶ》せられた冤罪《えんざい》を晴らさなくちゃね……)

ミッドウェーに収監される際、監獄の中でカノープスが一年間大人しくしていたら服役の記録は抹消するという取り決めになっていたことを、リーナは彼の口から聞いていた。

しかしカノープスは既に脱獄している。それに、パラサイトに尻尾を振ったウォーカーのことをリーナは信じきれずにいる。仮にカノープスが一年間大人しくしていたとしても、約束どおり無罪放免となったかどうか疑わしいとリーナは思っていた。

(カーティス上院議員が力を貸してくれるはずだけど)

カノープスの脱獄は彼の大叔父(祖母の弟)に当たるワイアット・カーティス上院議員が達《たつ》也《や》に依頼したもの。幾ら何でも、助け出しただけで後は放置ということはないはずだ。

カノープスの名誉回復は、ワイアット・カーティスの目的にも適《かな》っている。参謀本部を屈服させることは、彼の政治力誇示に役立つだろう。ただ問題は、リーナの身の振り方についてまでカーティス上院議員が味方してくれるかどうか。もしかしたら、上院議員はリーナの希望を認めないかもしれない。

(……その時はその時よ)

(脅迫にも懐柔にも、絶対に応じない)

(我《わ》が儘《まま》と言われても、横暴と言われても、押し通す)

(だって私は、帰るって決めたんだから)

何かを掴《つか》み取《と》ろうとするように天井へ手を伸ばしたリーナの脳裏には、深雪《みゆき》と達也《たつや》の顔が浮かんでいた。

◇　◇　◇

リーナとのコンタクトを切ってすぐ、実は手が届く位置に座っていた深雪《みゆき》を促して、達也《たつや》は二人でヴィジホンの受像機を兼ねる壁面ディスプレイの前に立った。

コールした先は四葉《よつば》本家。画面に登場した葉山《はやま》は、達也《たつや》のリクエストに応じてすぐに真夜《まや》と交代した。

『達也《たつや》さん、こんにちは』

先に話し掛けてきたのは真夜《まや》だった。時刻はまだ四時過ぎだ。「こんばんは」より「こんにちは」の方が妥当だろう。

達也《たつや》の方は、そんなことで悩む必要は無かったが。

「失礼します、叔母上。ただ今、お時間はよろしいでしょうか」

『大丈夫よ。予定どおりですもの。リーナさんの件ね？　カノープス少佐とは無事に合流できたのかしら？』

「はい、本人がそう言っていました」

リーナを『バージニア』に送っていった件は、当然ながら事前に真夜《まや》も了解済み。先程リーナと話をしたのも、その結果を真夜《まや》に報告するのもあらかじめスケジュールに組まれていたことで、後者はリーナも了承済みだ。

『それで、リーナさんはこれからどうすると？』

「帰国して身辺を整理すると言っていました」

『そうなのね』

達也《たつや》の報告を聞いて、真夜《まや》は意外そうな顔を見せなかった。

それは深雪《みゆき》も同様だ。彼女はリーナと会話する達也《たつや》の言葉から大体の内容を理解していたが、リーナがこのまま帰国すると知っても、動揺は見せなかった。

二人とも——達也《たつや》を含めて三人とも、リーナが帰国を選ぶと予想していたのだろう。

『ところで達也《たつや》さん、リーナさんの代わりは必要かしら？』

真夜《まや》の言葉は、深雪《みゆき》を護衛する者の派遣要否を問うものだ。水波《みなみ》にはもう、ガーディアンが務まらないことを真夜《まや》は承知している。昨日まではリーナが水波《みなみ》の代わりに同性の護衛役を務めていた。

「いえ、不要です」

即答する達也《たつや》。彼が護衛の追加を断ったのは、水波《みなみ》の心情を慮《おもんぱか》ったのか、すぐに代わりを呼ぶのがリーナに対して薄情だと考えたからか、それとも、もっと別の理由によるものか。

その真意を確かめるように、真夜《まや》がカメラの向こう側で目を細めた。

『……分かりました。必要性を感じたら何時《いつ》でも言いなさい』

「恐縮です」

『他に何か、話しておきたいことはあるかしら』

「いえ、何も」

『そう。達也《たつや》さん、今日はご苦労様でした』

真夜《まや》の労《ねぎら》いを受けて、達也《たつや》が頭を下げる。

彼が顔を上げた時には、ディスプレイは暗くなっていた。

◇　◇　◇

ハワイ州オアフ島、現地時間七月二十八日午前九時。日本時間二十九日午前四時。

ブラジルからの直行便でホノルルに着いたエドワード・クラークは、その足でパールハーバー海軍基地に向かった。

クラークは酷《ひど》く焦《あせ》っていた。原因はホノルルに向かう機中で手に入れた、司波《しば》達也《たつや》退院のニュースだ。

達也《たつや》の怪我《けが》が治ったことに、ショックを受けたのではない。クラークは最初から、達也《たつや》の入院は偽装だと確信していた。

退院は、偽装の必要が無くなったということ。つまり、反撃の準備が調《ととの》ったということではないか……。クラークは、そんな焦《あせ》りに捕らわれたのだった。

論理的に考えれば、クラークが懐《いだ》いた焦慮には何の根拠も無い。彼が主導したディオーネー計画は完全に勢いを失っている。世界は今や、より具体的な利益が見込まれる恒星炉プラントの方に関心を寄せている。

仮にディオーネー計画に沿って金星開発が開始されたとしても、達也《たつや》に参加を強制することは、もうできないだろう。ディオーネー計画は達也《たつや》がいなくても実行可能だが、恒星炉プラントは達也《たつや》を抜きにしては成り立たないからだ。

つまり客観的に見て、クラークは達也《たつや》にとって既に脅威では無くなっている。――クラークが何もしなければ。

彼の焦《あせ》りは、敗北を認められないが故のものかもしれない。チェックメイトが見えているからこそ、勝敗をひっくり返す賭けを急いでいるのだろう。

そしてここパールハーバーには、逆転の一手が用意されているはずだ。クラークはそれを自分の目で一刻も早く確かめたかった。長旅で疲れた彼にとって幸いなことに、空港と基地は隣り合っているようなものだ。休憩時間を挟まなくても、負担にならなかった。

ペンタゴンから話が通っていたのだろう。基地にはすぐに入ることができた。それだけではない。クラークは今、最新鋭艦の中枢に招かれていた。

「ようこそ、ドクター」

指揮官席から立ち上がった女性士官は、クラークをそう呼んだ。

「私はこの強襲揚陸艦グアムの艦長、アニー・マーキス大佐です」

マーキス大佐の挙手礼を受けて、クラークは丁寧なお辞儀を返した。

「初めまして、マーキス艦長。国家科学局のエドワード・クラークです。この度はよろしくお願いします」

クラークは握手の為《ため》に歩み寄ろうとして、一歩目を踏み出す前に止めた。この時代でも女性の艦長は珍しい。正直なところ、クラークはマーキスにどう接するべきか戸惑っていた。

そんなクラークの態度はマーキスにとって見慣れたものなのだろう。何ら気に掛けた素振りも無く、クラークに向かい側の席を勧めて指揮官席に座り直した。

「早速ですが、ドクター。私は貴方《あなた》の意向を最大限適《かな》えるよう作戦本部から直接命じられています。出動目的も貴方《あなた》から聞くように、と」

マーキスはクラークに鋭い視線を向けながら、そう切り出した。

「艦隊司令部を跳び越えて作戦本部が一艦長に直接命令を下すのは異例なことです。ドクター、貴方《あなた》は本艦に何をさせたいのですか？」

マーキスの問い掛けにクラークは一言、「大いなる脅威の排除」と答えた。

当然これだけで艦長が納得するはずはない。

「もう少し具体的にお願いします。まず、目的地は何処《どこ》ですか」

マーキスは忍耐強い性格のようだ。彼女は声を荒げることもなくこう訊《たず》ねた。

「……目的地は東京の南南東約百八十キロ。現地名で『巳焼島《みやきしま》』と呼ばれる島です」

クラークは少し迷った素振りを見せたが、結局正直に答えた。彼は同盟国の領土を攻撃すると聞いたマーキス艦長が任務をボイコットすることを恐れたのだが、どうせ出港の段階で目的地を告げなければならないとすぐ気付いたのだ。

「――ではドクターの仰《おっしゃ》る『脅威』とは、司波達也《しばたつや》のことですか」

マーキスがほとんど時間を掛けず正解にたどり着いたのは、クラークが達也《たつや》に固執していたのをマスコミ報道で知っていたからだ。表向きは金星開発の為《ため》に必要な人材を求めるという態《てい》を取っていたが、軍事的な視点を持つ者にはクラークが達也《たつや》をＵＳＮＡの支配下に置こうとしている意図が見え透いていた。

隠していた狙いを言い当てられて、クラークは一瞬、顔を強張《こわば》らせる。しかし彼が動揺を見せたのは、一秒に満たない時間のことだった。

「司波達也《しばたつや》は一昨年十月末に、朝鮮半島南端で大量破壊を引き起こした質量・エネルギー変換《へんかん》魔法の遣い手です」

マーキス艦長が目を見開く。今度は彼女が驚きを露《あら》わにする番だ。『マテリアル・バースト』に関する情報を、彼女は持っていなかった。

「質量・エネルギー変換《へんかん》魔法……『灼熱《しゃくねつ》のハロウィン』の？　確かな情報ですか、それは？」

「確かです。しかも日本政府は司波達也《しばたつや》をコントロールできていません。あの者の存在は政治的に不安定で、余りにも危険です。実際に脅威と化してからでは遅すぎる。今の内に除いておかなければ」

クラークの執念が熱く黒い情念の炎となってマーキスを呑《の》み込《こ》む。

「……ドクターのお考えは分かりました」

圧倒されたように、マーキス艦長は頷《うなず》いた。

「しかしそれならば、本艦のような強襲揚陸艦より遠距離攻撃能力を持つミサイル艦や対地飽和攻撃力を有する砲撃艦の方が良かったのでは？」

艦長が言う砲撃艦は前回の大戦（第三次世界大戦）で出現したフレミングランチャーを主武装とする戦闘艦のことだ。フレミングランチャーはレールガンを大型化し、弾速より連射性に重きを置いた艦載兵器。大型爆弾を速射砲並みの連続発射速度で射出し、主として地上の固定目標に飽和攻撃を行う。

拠点制圧ではなく破壊・抹殺が目的なら、艦長の言うとおり上陸作戦を任務とする強襲揚陸艦よりミサイル艦や砲撃艦が適しているだろう。――普通の相手ならば。

「爆撃では仕留めきれない可能性が高い。確実に抹殺する必要があるのです」

「それ程の相手ですか……」

マーキス艦長が、戦慄に囚《とら》われた表情で呟《つぶや》く。

「上陸要員はこちらで用意しています。艦長はすぐに出港できるよう、準備を終わらせてください」

「了解しました。明日の正午には出港できますよう、準備を整えます」

マーキスから、それ以上の質問や反論は無かった。

［3］

七月二十九日、月曜日。

ハワイでは伊豆諸島《いずしょとう》・巳焼島《みやきしま》攻撃準備が着々と進み、新ソ連でもこの機に乗じて日本とUSNAに対し同時に打撃を加えるべく水面下で戦力が展開していた。

しかし危機はまだ表面化していない。達也《たつや》もまだ、USNAと新ソ連の火遊びに気付いていない。

この日、彼は久々に朝から別宅の自室で寛《くつろ》いでいた。

この平和がほんの短い一時だけのものだと、達也《たつや》は理解している。

水波《みなみ》は取り返したが、光宣《みのる》は行方不明。

ディオーネー計画は無害化しているが、黒幕のエドワード・クラークは健在なままだ。

いったんは大ダメージを与えて撃退したベゾブラゾフも、このまま黙ってはいないだろう。

遠からず決着の時が訪れると分かっているから尚更《なおさら》、休める時に休んでおこうと達也《たつや》は考えたのだった。

もっとも今の達也《たつや》を他人が見れば「休んでないじゃないか」とツッコミが入るに違いなかった。彼が向かっている机の上には、起動式編集用ワークステーションのコンソールと大型モニター。部屋にBGMこそ流れているが、彼の指は絶え間なくキーボードの上を移動している。

達也《たつや》は来たるべき決戦に備えて、新魔法の開発に取り組んでいるのだった。

開発は、開始と言うより再開だ。ベースとなっているのはベゾブラゾフの『トゥマーン・ボンバ』に使われていた『チェイン・キャスト』。吉祥寺《きちじようじ》真紅郎《しんくろう》を通じて一条将輝《いちじようまさき》に渡した戦略級魔法『海爆《オーシャン・ブラスト》』の開発と並行して進めていた大規模魔法の起動式作成。光宣《みのる》に攫《さら》われた水波《みなみ》を取り戻す為《ため》に中断していたそれに、達也《たつや》は改めて取り組んでいた。

ただ、他人から見れば仕事かもしれないが、達也《たつや》にとってはあくまでも余暇の有効活用でしかない。だから他の用事が入れば、すぐに中断できる。

『……お兄様。もしよろしければ、少しお時間を頂戴できないでしょうか』

例えばこんな風に深雪《みゆき》のリクエストがあれば、

「良《い》いよ」

迷うことなくそちらが優先された。

『恐縮ですが、わたしの部屋までご足労いただけませんか……』

「分かった。今行く」

彼は内線通話機《インカム》にそう答えて作業結果を保存し、椅子から立ち上がった。

深雪《みゆき》の部屋は、ツインベッドの寝室を挟んだ奥にある。寝室を通り抜けて行くこともできるが、達也《たつや》はいったん廊下に出て深雪《みゆき》の私室のドアをノックした。

「どうぞ、お入りください」

深雪《みゆき》の返事と共に、外開きの扉が開いた。

返事をしたのは深雪《みゆき》だが、扉を開けたのは半袖のシャツとショートパンツの上からエプロンを着けた水波《みなみ》だった。

深雪《みゆき》は部屋のほぼ中央で、恥ずかしそうに頰を赤らめて達也《たつや》を迎えた。——全身を映し出す大きな鏡の前で、下着と見間違うような、真っ白なビキニだけを身に着けて。

「…………」

達也《たつや》は一歩下がった水波《みなみ》の横をすり抜けるようにして、素早く部屋に入った。そのまま後ろ手に扉を閉める。床面積百四十平方メートル、4LDKのこの別宅にいるのはここにいる三人だけだと彼には分かっていたが、それでもすぐに扉を閉めなければならないような気がしたのである。

「あの、ブラのサイズが合わなくなりまして……、下着を買い換えるついでに水着も新調しようかと」

達也《たつや》に怪訝《けげん》な顔を向けられて、深雪《みゆき》は目を泳がせながら言い訳のように説明する。

「——そうか」

達也《たつや》は狼狽《ろうばい》こそ見せなかったが、応える言葉はそれだけだった。

「それで、その……、選んでいただけませんか」

「……分かった」

達也《たつや》の顔色に変化は無い。だが微妙な表情の動きが、彼も気恥ずかしさと無縁でないことを示していた。

水波《みなみ》が達也《たつや》の前に進み出て、ARグラスを差し出す。それでようやく、達也《たつや》は深雪《みゆき》が何故《なぜ》あんな格好をしているのか理解した。

深雪《みゆき》の前に置かれている、彼女自身よりも大きな姿見。あれはただの鏡ではない。鏡としても機能するARディスプレイ。鏡の中が客の鏡像に商品を重ねて映し出す、仮想試着室になっているのだ。

達也《たつや》に渡されたARグラスは姿見の形をしたディスプレイとは別の角度から試着した姿を合成する。ARディスプレイが鏡に映った姿を映し出す物であるのに対して、ARグラスはそれを掛けている者が見ることになる姿がリアルな視界に投影される仕組みだ。

白のビキニならば重なった映像の色や形を歪《ゆが》めてしまうことはない。着心地までは無理だが見た目だけなら、実物が無くても、幾らでも試着が可能だ。これはアパレル製品のオンライン通販用に開発された、最新のツールだった。

「えっと……水波《みなみ》ちゃん、始めてもらえる？」

「かしこまりました」

深雪《みゆき》の、まだ少し恥ずかしそうな声に応えて、水波《みなみ》が八インチのタッチパネルを操作する。

変化はすぐに訪れた。姿見に映る深雪《みゆき》はハイレグタイプのワンピースを身に着けていた。

ARグラスを通した達也《たつや》の視界にも、深雪《みゆき》の同じ姿が映っている。白地に大きな南国の花がデザインされた、少し大人っぽい水着だ。だからといって少しも背伸びをしている感は無い。このところ日に日に色気を増している深雪《みゆき》には、少し物足りないくらいだった。

深雪《みゆき》がその場でゆっくりとターンする。

「……如何《いかが》でしょうか？」

ちょうど一回転してARディスプレイと正面から向き合った深雪《みゆき》が、首だけで達也《たつや》へと振り向いて訊《たず》ねる。

「そうだな……」

達也《たつや》は心に浮かんだ感想をそのまま伝えようとして、ふと別のことに気を取られた。

「いや、少し待ってくれ」

「はい……？」

いきなりシリアスな声を出した達也《たつや》に、深雪《みゆき》は不得要領な様子だ。

「水波《みなみ》」

「はい」

不意に名を呼ばれた水波《みなみ》も、深雪《みゆき》と似たような表情を浮かべている。

達也《たつや》は水波《みなみ》をさらに困惑させる問いを放った。

「使用しているカタログはオンラインデータか？」

「はい、そうですが……」

試着に使うARデータはダウンロードすることもできる。だがそうする者はほとんどいない。データ量もさることながら、実物を試着しているのと変わらない完璧なAR映像を合成するのに必要な演算リソースを一般家庭で確保するのが難しいからだ。

試着する者のボディラインは一人一人違う。それに試着中は、じっと動かずにいるわけではない。見え方を確かめる為《ため》に、様々なポーズを取る。その動作も百人いれば百通りだ。そういう細かい差異をパターン化せずにその都度一から計算するのは、この時代のコンピューターを以《もっ》てしても決して簡単ではなかった。

故にこのシステムの利用者は、ほぼ全員がサーバー側で合成したリアルタイムの映像をオンラインでディスプレイに映し出して使っている。深雪《みゆき》たちも特に迷わずオンラインデータを使用していた。

「いったん回線を切断してくれ。カタログをダウンロードして、オフラインに変更する」

そういう事情だから、達也《たつや》の命令は水波《みなみ》を大層困惑させた。

「……ダウンロードにはかなり時間が掛かると思われますが？」

「これは一般消費者向けのサービスなのだろう？　このビルの回線速度ならばそんなに時間は掛からない」

このビルは四葉家《よつばけ》の司令塔の一つとして、軍事施設に匹敵する情報インフラが備わっている。平均的な家庭用ネットワークでタイムラグ無しに合成映像を閲覧できるなら、その元になっているデータ数が四桁に上ろうと、短時間でダウンロードできるはずだ。

「かしこまりました」

水波《みなみ》はそれを理解した印に、達也《たつや》に向かって一礼した。そしてすぐに、試着用カタログのダウンロードに取り掛かる。

「お兄様、申し訳ございません」

その一方で白のビキニ姿に戻った深雪《みゆき》が、達也《たつや》の傍《かたわ》らに歩み寄って頭を下げる。

「バイオメトリクス認証に利用される可能性がある身体データのオンライン送信を許すのは、わたしの立場では不用心でした」

深雪《みゆき》は達也《たつや》の中止命令を、四葉家《よつばけ》次期当主が守るべきセキュリティ確保の措置だと解釈して謝罪した。

しかし彼女の言葉を聞いて、達也《たつや》は軽く意表を突かれたような表情を浮かべた。

「いや、それだけではないのだが……」

それだけでは、と言いながら、主な目的は別にあったような口振りだ。

「？」

深雪《みゆき》が訝《いぶか》しげな眼差《まなざ》しを達也《たつや》に向ける。

「AR映像合成は自動的に処理されるとはいえ、サーバーに保存されているデータを運営会社の人間が閲覧しないという保証は無い」

「……そうですね。利用規約では人の目に触れないことになっていますが、データが流用される可能性は無視できません。お兄様はそれが悪用される事態を懸《け》念《ねん》されたのでしょう？」

「それも、ある。だがそれ以上にお前の姿が、何《ど》処《こ》の誰とも知れぬ男の目に曝《さら》されるのが、多分、俺は不愉快なのだろう」

自分のことであるにも拘《かか》わらず、達《たつ》也《や》の口調は確信に欠けていた。

その言葉をどう解釈すれば良いのかと深《み》雪《ゆき》が戸惑う。

そこへ水《み》波《なみ》が、事務的な口調で口を挿《はさ》んだ。

「達《たつ》也《や》様、深《み》雪《ゆき》様。ダウンロード、およびオフライン設定が完了しました」

そして意外そうに付け加える。

「こう申し上げては失礼かもしれませんが、驚きました。達《たつ》也《や》様にも独占欲がお有りだったのですね」

水《み》波《なみ》の指摘に達《たつ》也《や》が目を見張る。

そして「腑《ふ》に落ちた」と言わんばかりの表情を浮かべた。

「そうか……。これは独占欲なのか。これが、独占欲か……」

しみじみと呟《つぶや》く達《たつ》也《や》の前では、深《み》雪《ゆき》が耳まで真っ赤に染めて俯《うつむ》いている。

両手を重ねて胸の真ん中を押さえる彼女の顔は、心の底から嬉《うれ》しそうな笑みに彩《いろど》られていた。

［4］

ハワイ州オアフ島、現地時間七月二十九日正午。日本時間七月三十日午前七時。エドワード・クラークとブラジルの国家公認戦略級魔法師ミゲル・ディアス、その弟アントニオ・ディアス、および多数のパラサイトを乗せた強襲揚陸艦『グアム』が、随伴する二隻の駆逐艦と共に日本へ向けて出港した。

日本軍の情報部は、『グアム』の出港自体は把握していた。だがクラークをはじめとする追加されたクルーに関する情報は摑《つか》んでいなかった。

その攻撃目標が日本であることも、まるで知らなかった。『グアム』の目的は通常の訓練航海だろうと、この時点の日本軍は考えていた。

◇　◇　◇

そんな日本軍に対して、新ソ連の情報部は強襲揚陸艦『グアム』にエドワード・クラークとミゲル・ディアスが乗り込んでいることを探り出していた。情報部が事実として摑《つか》んでいたのはそれだけだが、ハバロフスクに滞在中のベゾブラゾフはその情報から『グアム』の目的が司《し》波《ば》達也《たつや》の抹殺にあることを正確に推測していた。

達也《たつや》に手痛い敗北を喫しても、新ソ連におけるベゾブラゾフの権威は損なわれていない。たとえ個人的な推測であっても、彼の言葉には軍を動かす影響力があった。

ハバロフスクの東シベリア軍司令部はベゾブラゾフの助言に従い、カムチャツカ半島から最新鋭のミサイル潜水艦『クトゥーゾフ』を出港させ、ビロビジャン基地に配備されている極超音速ミサイルの発射準備に着手した。いずれも目標は、日本の巳焼島《みやきしま》。

この様に巳焼島《みやきしま》奇襲作戦についてはベゾブラゾフが日本軍は素《もと》より、エドワード・クラークよりも一枚上手を行っていた。しかしアメリカ本土で対日戦略を根底から揺るがす事態が進行しているとは、ベゾブラゾフの知性を以《もっ》てしても、推察すらできなかった。

◇　◇　◇

USNA連邦軍参謀本部直属魔法師部隊・スターズの本部基地は、ニューメキシコ州ロズウェルの郊外にある。——なお『ロズウェル事件』で有名な旧ウォーカー空軍基地ではない。

そのニューメキシコ現地時間七月二十九日午後五時。日本時間七月三十日午前七時。一機の小型VTOLがスターズ本部基地に到着した。

その機体は連邦軍が所有する素性のはっきりした物だったが、来訪をあらかじめ報されていなかった基地の職員は突然の着陸に少なからず右往左往する羽目になった。

目的も告げずに着陸した小型機を、予定外の時間外業務に従事したマーシャラ（滑走路誘導員）や整備員が不満と不安を懐《いだ》いて取り巻いている。

その視線の中、小型機から壮年の士官が降りてきた。

スタッフの間にざわめきが走る。

続いて機内から姿を見せた若い女性の姿に、ざわめきがどよめきに変わった。

二人は、基地の職員が良く知っている人物だった。

最初に下りてきた長身の男性はスターズ第一隊隊長、ベンジャミン・カノープス少佐。

二人目の赤毛で仮面を付けた女性はスターズ総隊長、アンジー・シリウス少佐。

スタッフの間で「本物か？」という囁《ささや》きが交わされる。

しかし彼らの間に広がった無秩序な騒動は、三人目が姿を見せたことでピタリと収まった。

その老紳士は、政治に興味が薄い若者でも名前は聞いたことがあるという高い知名度を誇る大物政治家だ。軍に所属する者ならば、士官でなくても顔を知らないでは済まされない。影のＣＩＡ長官とも噂《うわさ》される上院議員、ワイアット・カーティスだった。


カノープスとアンジー・シリウスに変身したリーナは、基地に着いてすぐウォーカー司令と会うことができた。ワイアット・カーティスが強くそれを望んだからだ。

司令官室でウォーカーと、デスクを挟んで対面するリーナ。

ウォーカーの背後には彼の副官が、リーナの背後にはカノープスとカーティスが控えている。ウォーカーはカーティスに別室での饗応《きょうおう》を申し出たのだが、カーティスはそれを断り、代わりにクッションの効いた椅子を持って来させて一人だけ腰を下ろしている。

「シリウス少佐、バランス大佐のサポートは完了したのか？」

金色の瞳を光らせて無言で敬礼するリーナに、ウォーカーは短い答礼の後、そう訊《たず》ねた。

リーナは日本に逃亡する際、バランスの業務を手伝うという名目で脱走の嫌疑を免《まぬが》れている。ウォーカーの質問は、それを踏まえた一種の嫌みだ。

「今回の帰国については、バランス大佐のご許可も得ております」

リーナはその嫌みを、事務的な口調で受け流した。そのセリフはカーティス上院議員だけでなく、バランス大佐も味方に付けていると匂わせるものだった。

「それで、用件は何だ？　単なる帰投報告ではあるまい」

ウォーカーはリーナの背後に控えるカーティス議員に目を向けながら、本題に入るよう促した。彼の口調は階級を盾に取る威圧的なものだったが、リーナは怯《ひる》まず、躊躇《ためら》わず、即、それに応じた。

「ウォーカー大佐、貴方《あなた》は基地司令として叛《はん》乱《らん》を鎮圧すべき立場にありながら、事後的に叛《はん》逆《ぎゃく》者と共謀しカノープス少佐を冤《えん》罪《ざい》で処罰しましたね？　また、ベガ大尉、アークトゥルス大尉らの同盟国に対する不法な攻撃を幇《ほう》助《じょ》した疑いもあります」

「馬鹿げたことを」

　吐き捨てるようにそう言って、ウォーカーは一層威圧的な——と言うよりむしろ、脅迫するような目付きでリーナを睨《にら》んだ。

「ベガ大尉らの行動は、シリウス少佐、貴官が日本の魔法師と内通しているという深刻な嫌疑があったが故のものだ。彼女やアークトゥルス大尉を叛乱分子《はんらんぶんし》扱いするのは、貴官自身の内通を誤魔化す為《ため》か？」

「ではどちらの言い分が正当か、内部監察局に判断していただきましょう」

「いや、それは……」

　リーナの反論に、ウォーカーが目に見えてたじろぐ。内部監察局は前《さき》の大戦後に設立された、連邦軍内の不法行為を取り締まる部署。そこのナンバー・ツーをバランス大佐が務めている。叛逆《はんぎゃく》や内通は軍事法廷の管轄だが、その検察役を担《にな》うのが内部監察局だ。査問委員会が組織された際は、これを指揮する。現在のケースでリーナが内部監察局の裁定を求めるのは連邦軍の制度上、間違っていない。しかしバランスがリーナの側についているのが明白なこの状況下でウォーカーが内部監察局の関与を忌避するのは、たとえ彼に後ろ暗さが無かったとしても、無理からぬことだろう。

「司法手続きに入る前に、参謀本部の意見を聞いてみてはどうかね」

　言葉に詰まったウォーカーに（形式上）助け船を出したのはカーティス上院議員だった。

「上院議員閣下のご意見は、ごもっともと存じます。明日の朝一番に連絡してみましょう」

ウォーカーは安堵《あんど》を隠せぬ顔で、その提案に乗った。――いや、乗ろうとした。

「明日まで待つ必要はあるまい」

しかし事態は、ウォーカーの思いどおりに進まなかった。

「しかし閣下。ペンタゴンはもうすぐ十九時です」

「大佐、その心配は無用だ。私から長官を通じて、参謀本部の方々には職場に残ってもらっている」

翻意を促すウォーカーの言葉を軽く切り捨て、カーティスはカノープスに参謀本部へ通信回線をつなぐよう指示する。

カノープスは即座に、その指示を実行した。ウォーカーの副官を押し退《の》け――階級はカノープスの方が上だった――ヴィジホンの直通回線を開く。

大型モニターの中では、統合参謀本部議長、副議長、陸軍参謀総長が待ち構えていた。

思い掛けない面々に、ウォーカーは言葉を失ってしまう。

その隙にリーナが先手を取った。

「お忙しいところ失礼します、議長閣下。アンジー・シリウス少佐であります」

『シリウス少佐、大体の話はバランス大佐から聞いているが、改めて君の口から説明を受けたい』

「ハッ！」

参謀本部議長の言葉を受けてリーナが陳述を始めようとする。

「お待ちください、議長閣下！」

我を取り戻したウォーカーが、それを遮った。

『ウォーカー大佐、君の主張は後で聞く。まずはシリウス少佐からだ』

しかし陸軍参謀総長にたしなめられて、ウォーカーは引き下がらざるを得なかった。

『シリウス少佐』

改めて本部議長に促され、リーナはパラサイト化した隊員による叛乱《はんらん》に関連するウォーカーの罪状について述べ立てた。

基地司令として叛乱分子《はんらんぶんし》を鎮圧すべきだったにも拘《かか》わらず、逆にパラサイトと結託しその便宜を図ったこと。

パラサイトに抵抗したカノープスに濡《ぬ》れ衣《ぎぬ》を着せ、アルゴル少尉、シャウラ少尉と共にミッドウェー監獄に収監したこと。

スターズを私物化し、パラサイト化した隊員を日本および北西ハワイ諸島に派遣したこと。

リーナは特に、カノープスに科せられた禁固刑が全くの冤罪《えんざい》であり彼の名誉が回復されるべきである点を強調した。

リーナの告発を、不快げに顔を顰《しか》めながら聞いていた陸軍参謀総長がウォーカーに向かって

『反論は?』と訊《たず》ねる。

無論ウォーカーは、自らの無罪を主張した。

『アークトゥルス大尉、ベガ大尉、レグルス中尉、スピカ中尉、デネブ少尉の出動について、参謀本部には承認した記録が無い。これはどういうことだ?』

しかし副議長からこう指摘され、

『カノープス少佐の処分に関し、略式の軍事法廷しか開かれていないようだが……そこまで急を要する案件だったのか?』

さらに参謀総長からこう詰問《きつもん》されて、ウォーカーは二人を納得させられる答えを返せなかった。彼に浴びせられた追及の問いは、それだけではない。参謀本部は既に、カーティス上院議員の意向を受けたバランス大佐から、ウォーカー大佐を「クロ」と判断するに十分な材料の提供を受けていたのだった。

『ウォーカー大佐。残念だが、君の主張にはシリウス少佐の告発を退けるだけの説得力が無い』

本部議長が一つため息を吐いた後、結論を告げる。

『大佐。現時点を以《もっ》てスターズ本部基地司令官の任を解く。また明日正午、内部監察局に出頭せよ』

「――了解しました」

ウォーカーが背筋を伸ばしてそう応えたのは、せめてもの意地と矜持《きょうじ》だったに違いない。彼の潔《いさぎよ》い態度に三人の幹部は満足げに頷《うなず》いた。そして、モニター画面の中で本部議長がリーナの背後に立つカノープスへ目を向ける。

『カノープス少佐。君に科せられた禁固刑は参謀本部の権限で取り消す。この瞬間、少佐の名誉は回復されたことをここに宣言しよう』

「ありがとうございます」

議長はカノープスに向かって頷《うなず》き、リーナに視線を転じた。

『シリウス少佐。正式に後任が決まるまで、総隊長に加えて基地司令官を貴官に任せたいと思うがどうだろう』

「恐れながら議長閣下。小官には基地司令の任に堪《た》える経験がありません」

『自ら経験不足と申告するか……。潔《いさぎよ》いことだ』

面白そうに呟《つぶや》いた議長に続いて、副議長がリーナに問い掛ける。

『シリウス少佐。では誰が基地司令代行に相応《ふさわ》しいと思う?』

「スターズ外の人事は、小官が口を挿《はさ》むべきことではないと存じます」

本部基地司令官は軍組織上、スターズに所属していない。リーナの答えは規則どおりのものだった。

『少佐の言《げん》はもっともだが、どうせ応急的な人事だ。そこまで堅く考える必要は無い。遠慮無く、貴官の所見を述べたまえ』

「ハッ、お言葉に甘えて申し上げます。経験に加えて専門的な士官教育を受けている点を鑑《かんが》み、基地司令官代行にはカノープス少佐が相応《ふさわ》しいと考えます」

リーナの推挙はカノープスにとって唐突なものだった。だが参謀本部の幹部にとっては、突拍子も無いものではなく、むしろ妥当な意見だと感じられたようだ。驚きを隠せないカノープスを余所《よそ》に、本部議長以下三名はモニター画面の向こう側で顔を寄せ合って何事か囁《ささや》き合った。

『シリウス少佐の意見を採用しよう』

ただこの決定はリーナの推薦によるものばかりではなく、クッションの効いた椅子の上に無言で控えているカーティス上院議員の存在も大きかったと思われる。

『基地司令官代行にはカノープス少佐を任命する』

その証拠にカノープスを指名した議長の目は、立っているカノープスの横に座るカーティスに向けられていた。

『カノープス少佐。正式な辞令は後日になるが、司令官代行就任に伴い、貴官には第一隊隊長を外れてもらうことになる。同時に、司令官代行に相応《ふさわ》しい階級を与えるつもりだ』

第一隊隊長を解任されると聞いて、カノープスが反論の声を上げようとする。しかし陸軍参謀総長が統合参謀本部議長に続いて発言する方が早かった。

『これまで貴官の階級は、総隊長であるシリウス少佐との兼ね合いで低く抑えさせてもらっていた。だが貴官の実績と能力を正当に評価すれば、とうに大佐に昇進していて然《しか》るべきだった。この人事の歪《ゆが》みを正すには良《い》い機会だ。「代行」の文字が外れる日も遠くないと考えておいてくれ』

「……ハッ。ありがとうございます、閣下。謹んで拝命致します」

直立不動の姿勢を取るカノープス。

議長、副議長、参謀総長が頷《うなず》きを返し、通信が遮断された。

リーナとカーティスがカノープスの基地司令官代行就任と大佐昇進内定を祝う一方で、ウォーカーが副官を連れて司令官室から退出する。

リーナもカノープスも、それを引き止めなかった。

「ベン。司令官席に着いてください」

ウォーカーを引き止める代わりに、リーナはカノープスに司令官デスクへの着席を促した。

躊躇《ためら》うカノープスに、ワイアット・カーティスが「司令官が空席なのは問題だ」と急《せ》き立《た》てる。

その圧力に屈する形で、カノープスはウォーカーが使っていた椅子に腰を下ろした。

アンジー・シリウスが満足げに頷《うなず》き、その仮面を外す。

赤毛が金髪に、金色の瞳が鮮やかな青に。

背が縮み、身体《からだ》付《つ》きが華奢《きゃしゃ》になり、アンジー・シリウスが消えて、アンジェリーナ・クドウ・シールズが本来の姿を取り戻した。

「ベン。記念すべき最初のお仕事がこの様なものになってしまうのは心苦しいのですけど」

リーナは少し寂しげな笑みを浮かべている。

その佇《たたず》まいに、カノープスは良くない予感を覚えた。

「総隊長殿……？」

「基地司令官代行閣下。これを受け取ってください」

リーナが懐《ふところ》から封筒を取り出す。カノープスに差し出されたそれには、「退役届《Resignation》」と書かれていた。

「総隊長殿、これは⁉」

慌てているのはカノープスだけだ。カーティスはどうやら、前以《まえもつ》て報されていたらしい。

「今回の叛乱《はんらん》はパラサイトが一方的に起こしたものですが、私の存在が切っ掛けになったのも事実です。私はスターズの総隊長に相応《ふさわ》しくありません」

「だから責任を取って辞めるというのですか⁉」

「というのは、口実です」

「……はっ？」

呆気《あつけ》に取《と》られるカノープスの表情を見て、リーナは小さく、クスリと笑みを漏らす。

「私がスターズの正規隊員になったのは十二歳の時でした。軍にスカウトされて訓練所に入ったのはさらにその二年前です」

一方のカノープスは、まるで笑う気にはなれなかった。

「訓練所入所から数えればおよそ八年間、私は軍以外の世界を知らずに過ごしてきました」

穏やかに語るリーナの言葉を聞く内に、彼の表情はどんどん強張《こわば》っていく。

「去年の冬の、三ヶ月間を除いて」

その三ヶ月間が前回日本で過ごした日々だと、説明されなくてもカノープスは理解した。

「ベン、私はもう、脱走兵や重犯罪魔法師を狩るのに疲れました。本当は犯罪者の処分なんてしたくないのだと、あの時に気付かせられてしまったのです」

「リーナ……」

カノープスがリーナを愛称で呼ぶ。「総隊長殿」ではなく。

「そして再び日本へ行って、私はもう自分を偽れなくなってしまいました。だから、私に余計な知恵を付けたあの二人に責任を取ってもらおうと思います」

「…………」

「無責任だという自覚はありますが、小娘の我《わ》が儘《まま》と思って見逃してください」

「……連邦軍を辞めて、どうなさるおつもりですか？」

そう訊《たず》ねながら、リーナは日本に戻るつもりだろうとカノープスは確信を覚えていた。

戦略級魔法師の国外流出。

軍務に携わる者として、本来、到底容認できることではない。

だがカノープスはリーナを咎《とが》める気にも、止める気にもなれなかった。

「日本で残り少ないハイスクールライフを満喫したいと思います」

カノープスの問い掛けに、リーナは屈託の無い、本物の笑顔で答える。

「……良《い》いですね。それは良《い》い。リーナ、貴女《あなた》に心から楽しいと思える日々が待っていること
を、私に祈らせてください」

心からの祝福と共に、カノープスは「アンジー・シリウスの退役届」を受け取った。

——こうしてエドワード・クラークの巳焼島《みやきしま》侵攻作戦は、新たな戦力となるパラサイトの供
給元、スターズ、スターダストのバックアップを失った。

［5］

七月三十日夜。この時点ではまだ、日本政府は国防軍も含めて、ハワイを出港した強襲揚陸艦『グアム』の目的に気付いていない。もし差し迫った脅威を認識していたら、悠長に内輪《うちわ》揉《も》めなどしていなかったかもしれない。

いや、国防に関する主導権争いはあっただろうが、深刻な暗闘を引き起こすと予想される強引な手は避けたことだろう。だが実際には、巳焼島《みやきしま》に守備隊を置く手続きが島の所有者である民間会社の応諾を得ることなく進められていた。

佐伯《さえき》少将が主導するこの動きには、国防軍内部にも問題視する向きがあった。法的な措置を行わずに行政的な手続きだけで私有地を軍が強制的に使用して良いのかという筋論から、八平方キロの小さな島に陸上部隊を配備することの実効性への疑問、陸軍の将校が島嶼防衛《とうしょぼうえい》を主導することへの反発、そして島の真の所有者である四葉家《よつばけ》と対立することへの恐れ。

だがそれらの反対を押し切って、巳焼島《みやきしま》への守備隊駐留はまさに実施されようとしていた。具体的には既に駐留部隊の選定は終了し、島を名義上所有する企業には八月一日に事後承諾の形で通知する予定になっている。

四葉家《よつばけ》が反撃に出たのは、全てのお膳立てが整ったこのタイミングだった。

二〇九七年七月三十日午後七時。

国防陸軍総司令官・蘇我《そが》大将は一人の護衛と一人の秘書官、わずか二人だけのお供を連れて人目を憚《はばか》るように都内の会員制クラブを訪れた。蘇我《そが》は知らないことだが、そのクラブはおよそ二週間前、達也《たつや》がワイアット・カーティスと引き合わされた店だった。

「お忙しいところ、お越しいただきありがとうございます、閣下」

二週間前をなぞるように、個室に案内された蘇我《そが》一行を出迎えたのは四葉家《よつばけ》の葉山《はやま》執事だ。

「ご無沙汰しております、閣下。またお目に掛かれて光栄に存じます」

しかしあの時と違って、葉山《はやま》の背後には真夜《まや》が控えていた。

「こちらこそ。本日はご招待、ありがとうございます」

真夜《まや》の挨拶に、蘇我《そが》大将が表面上にこやかな笑顔で応える。

しかし彼の心は、警戒感で満ちていた。四葉家《よつばけ》の私有地である巳焼島《みやきしま》に部隊を駐留させる件を主導しているのは佐伯《さえき》少将であり、この事案で佐伯《さえき》の後ろ盾になっているのは大友《おおとも》参謀長だ。蘇我《そが》は積極的に意見を表明していない。

賛成はしていないが、反対もしていない。

だが陸軍の部隊展開について、最終的な責任を負うのは陸軍の総司令官である蘇我《そが》だ。消極的だからといって、責任は免《まぬが》れない。

そもそも蘇我《そが》の本音は、佐伯《さえき》の暴挙を止めたいのだ。

確かに、国外勢力の攻撃を受けたばかりの場所に守備隊を駐留させる必要性は否定できない。だがそれは法令に則《のっと》って行われるべきであり、超法規的措置に訴えなければならない程の緊急性を彼は認めていなかった。

何と言っても、四葉家《よつばけ》には巳焼島《みやきしま》を自衛する力がある。民間に国土の防衛を委ねるのは、国防軍の幹部として面白くないのは確かだ。しかし重要なのは国外勢力の侵攻を許さないことであって、無用な摩擦を招いてまで現在上手《うま》く機能している防衛体制を弄《いじ》る必要は無いと蘇我《そが》は考えていた。USNAとの同盟関係が揺らぎ、新ソ連による再侵攻の脅威が消えぬ今、権力闘争に興じている余裕など国防軍には無いのだ。

だが陸軍のトップとして「国防軍の面子《メンツ》に関わる」という論法を持ち出されては、積極的に反論しにくい。「面子《メンツ》などより法秩序の方が大事だ」というのは背広組の論理だ。制服組の幹部としては、部下の士気を損なう言動は避けなければならない。

その結果、蘇我《そが》はこの件について容認の立場を取らざるを得なかった。

しかしそんな内向きの理屈で、四葉家《よつばけ》を納得させられるとも考えていない。

真夜《まや》と同じテーブルに着き、進められるままにグラスを傾け舌鼓《したつづみ》を打っても、蘇我《そが》の意識はこの場をどう切り抜ければ良いのか、それだけに囚《とら》われていた。

（いっそのこと首謀者の佐伯《さえき》を処罰する名目があれば、それを理由に配備計画を潰すこともできように……）

忌々《いまいま》しげに蘇我《そが》がそう考えた、ちょうどその時。

「ところで閣下。この様な噂《うわさ》があるのをご存じですか？　今月上旬に大亜連合の魔法師、呂剛《ルウガン》虎《フウ》が密入国した件に関係するものなのですが……」

「どのような噂《うわさ》でしょうか？」

蘇我《そが》の反問は、機械的な相槌《あいづち》に近かった。

「閣下には、余り愉快なお話ではないかもしれません」

「ほう……、それはますます内容をうかがいたいですな。耳に痛い話程、顔を背けるべきではありませんから」

「さすがは蘇我《そが》閣下。ご立派です」

真夜《まや》の称賛に、蘇我《そが》の頬が緩む。目の前の女性がその気になれば容易に自分の命を蹂躙《じゅうりん》できる怪物だと分かっていても、相手は滅多にいない美貌の持ち主だ。陸軍総司令で大将閣下といえど蘇我《そが》も男。美女に褒められて悪い気はしないのだろう。

「その噂《うわさ》の内容ですが……呂剛虎《ルウガンフウ》の密入国を国防軍の将軍閣下が事前に知りながら、敢《あ》えて見逃したというものなのです」

「なんですと!?」

しかし、蘇我《そが》の弛《ゆる》んでいた表情は真夜《まや》の言葉に一瞬で消え去った。もしその噂《うわさ》が本当ならば、将官による利敵行為に他ならない。

「一体誰がその様なことを？」

「あくまでも噂《うわさ》ですが……それでもよろしいですか？」

「四葉《よつば》家《け》のご当主たる貴女《あなた》が仰《おっしゃ》るのです。全くの事実無根というわけでもありますまい」

「そうですね……。一応、家の者に調べさせましたが……」

わざと言葉を濁す真夜《まや》に向かって、蘇我《そが》は殺気立った顔で身を乗り出した。

「是非とも、お教え願いたい」

「佐伯《さえき》少将閣下ですわ」

真夜《まや》は、今度はもったいぶらなかった。

「佐伯《さえき》が……？」

四葉《よつば》家《け》に対する敵対姿勢に転じた佐伯《さえき》の名前が真夜《まや》の口から出たことに、蘇我《そが》は一瞬「讒言《ざんげん》か？」という疑念を懐《いだ》いた。

だがすぐに「だからこそか」と思い直す。明確な敵意を向けてきた相手だからこそ、攻撃材料となるスキャンダルを調べ上げたのだろうと蘇我《そが》は考えたのだった。

「先程も申し上げましたとおり、証拠はありません。ですが証人でしたら心当たりがございます」

「――誰ですか？」

「独立魔装大隊《どくりつまそうだいたい》の藤林《ふじばやし》中尉さんです。実はこの『噂《うわさ》』は中尉さんからうかがいましたの」

ここで一つ、真夜《まや》は嘘《うそ》を混ぜた。呂剛虎《ルウガンフウ》の件は藤林《ふじばやし》の証言を得る前から摑《つか》んでいて、彼女には確認を取っただけだ。だがそんなことは蘇我《そが》にとっても、どうでも良かったに違いない。

「藤林《ふじばやし》中尉さんは佐伯《さえき》閣下の背信行為に心を痛めておいでで……、九島《くどう》閣下のご葬儀の際、偶々《たまたま》ご縁があって相談を受けたのです」

「そうでしたか」

九島烈《くどうれつ》の葬儀に真夜《まや》が出席していたことは蘇我《そが》も知っている。その知識が、彼の中で真夜《まや》の話に信憑性《しんぴょうせい》を与えていた。

「実は中尉さんからうかがった件がもう一つ」

そう言って真夜《まや》は、背後に控えた葉山《はやま》に目配せをする。

つられて、蘇我《そが》の目も葉山《はやま》に向いた。

「どうぞ、こちらを」

その視線を受けて、葉山《はやま》は何時《いつ》の間《ま》にか手にしていた大判の電子ペーパーを蘇我《そが》に差し出した。

蘇我《そが》は戸惑うことなく、電子ペーパーの電源を入れる。

ディスプレイはすぐに立ち上がった。そこに表示された報告書に目を通すなり、蘇我《そが》の表情が驚愕《きょうがく》に染まる。

「藤林《ふじばやし》中尉のご相談はこちらがメインでした。あの方にとっては血縁上のお身内と、お仕事上のお身内の双方が関与した不正行為。とても看過できなかったのでしょうね」

痛ましそうな声音で真夜《まや》がそう漏らす。

報告書は、佐伯《さえき》少将と九島真言《くどうまこと》が国防軍の予算を流用してパラサイドールの開発を続けていた事実を、証拠の画像付きで告発するものだった。

「これは……。佐伯《さえき》少将、何という真似《まね》を……」

「私欲からではなく、佐伯《さえき》閣下も真剣に国防の強化を考えられての行いなのでしょうけど」

「だからといって、許されることではありません」

蘇我《そが》は真夜《まや》に向き直って、深々と頭を下げた。

「四葉《よつば》さん。このような重大事を内密に報《しら》せてくださったことに、深く感謝します」

「お役に立てて何よりです」

「この件が公になれば国防軍の権威は大きく損なわれかねません。ですので、佐伯《さえき》を表立って処分することはできませんが四葉《よつば》さんのご満足が行くよう、本官が責任を持って処理するとお約束します」

「ええ、お任せします。最初からそのつもりで閣下をお招きしたのですから」

真夜《まや》は柔らかな笑みを浮かべていたが、彼女の瞳は「有耶無耶《うやむや》にしたら承知しない」という圧力を放っている。

「佐伯《さえき》が画策している巳焼島《みやきしま》への部隊配備も中止させますので」

　蘇我《そが》が言わなくても良いことまで口走ってしまったのは、真夜《まや》の放つプレッシャーに呑《の》まれてしまったからだと思われる。

　真夜《まや》は蘇我《そが》の失言を――巳焼島《みやきしま》守備隊駐留の件は四葉家《よつばけ》が知らないはずの秘密計画だ――笑みを浮かべたまま聞き流した。そしてややわざとらしく「そう言えば」と声を上げる。

「藤林《ふじばやし》中尉さんと彼女が所属する部隊には、お咎《とが》めが下されないようお願いします」

「はっ？　……それは無論ですが」

　蘇我《そが》大将にとぼけている様子は無い。

「安心しました。世の常として、内部告発は嫌われがちですから」

　しかし真夜《まや》の指摘を聞いて「なる程」と言わんばかりの表情を浮かべた。

「ですが閣下、懸《け》念《ねん》は残ります。佐伯《さえき》閣下は賢い方ですから、ご自分に不利な証言をしたのが誰なのかお気付きになってしまうと思いますの。そうなった時、藤林《ふじばやし》中尉だけでなく彼女の所属する部隊までもが佐伯《さえき》閣下の報復対象になってしまわないでしょうか」

「いや、まさか佐伯《さえき》がそこまで……」

　蘇我《そが》は焦《あせ》って反論しようとした。

「佐伯《さえき》閣下の、当家に対する為《な》さりようをご覧になっても？」

「……っ」

　しかし真夜《まや》の追撃に、言葉を詰まらせてしまう。

「ご提案があるのですけど」

「……うかがいましょう」

蘇我《そが》は警戒感を露《あら》わにしながら、真夜《まや》に続きを促した。

「独立魔装大隊《どくりつまそうだいたい》を第一〇一旅団から分離して、本当の意味で独立の部隊となさっては如何《いかが》でしょう？　私《わたくし》どもはかねてより、あの部隊を高く評価しております。独立魔装大隊《どくりつまそうだいたい》がもっと自由に動ける立場であれば、お互いに協力していける領域が広がると思うのです」

「それは四葉家《よつばけ》としてのご意見ですか？　それとも十師族としてのご意見ですか？」

「どちらに解釈していただいても構いません」

真夜《まや》は十師族を代表する立場ではない。だが彼女の答えに躊躇《ためら》いは無く、その美貌は余裕の笑みで彩《いろど》られていた。

「少し失礼します」

蘇我《そが》は断りを入れて、囁《ささや》き声《ごえ》で秘書官と遣《や》り取《と》りを交わす。

真夜《まや》はそれ程、待たされなかった。

「――四葉《よつば》さんのご提案を、防衛大臣に具申したいと思います」

「恐縮です、閣下」

真夜《まや》は艶《あで》やかな笑みを浮かべて軽く頭を下げる。

妖艶《ようえん》な色香に蘇我《そが》は意識を持って行かれそうになるが、大将の矜持《きょうじ》で何とか踏《ふ》み止《とど》まった。

「……独立魔装大隊《どくりつまそうだいたい》は独立連隊へ昇格することになるでしょう。しかしこのことは、正式な決定までご内密に願います」

「もちろんですわ、閣下」

真夜《まや》は蘇我《そが》の言葉に、蠱惑《こわく》的な笑みを深めて頷《うなず》いた。

◇　◇　◇

七月三十一日、後は部隊を実際に移動させるだけの段階まで進行していた巳焼島《みやきしま》への陸上部隊配備が突然、中止された。

延期ではなく、完全な白紙化だ。

配備計画の首謀者である佐伯《さえき》少将はすぐさま巻き返しを図ったが、面会に応じた大友《おおとも》参謀長から計画の復活はあり得ないと釘《くぎ》を刺された上、独立魔装大隊を除く第一〇一旅団を直接指揮して北海道《ほっかいどう》東部へ出動するよう命じられた。

名目は新ソ連の侵攻に備えた防衛強化。

期限は未定。

佐伯《さえき》の強みは総司令部に参謀として長く勤めたキャリアから来る中央との太いパイプである。前線で指揮を執った経験が乏しい彼女には、地方で自分の派閥を育てるスキルは無い。

北海道《ほっかいどう》の国境地帯では、彼女は謀略家としての力を振るうことができない。

事実上無期限で首都圏から遠ざけられた佐伯《さえき》は、国内における勢力争いの面で決定的に無力化され、最早《もはや》敵の攻撃に備えるという国防軍本来の任務に注力するしかなくなった。

独立魔装大隊《どくりつまそうだいたい》に対しては、霞ヶ浦《かすみがうら》の基地で魔法戦闘の新戦術の開発を続けるよう別命が下された。

［6］

八月一日。具体的な脅威が迫りつつあることに、日本では誰も——政府も軍も、十師族でさえも、まだ気付いていない。

うだるような暑さの昼下がり、深雪《みゆき》宛に掛かってきた電話も、内容は至極平和的なものだった。

「えっ？　九校戦をやるの？　自分たちで？」

九校戦で編み出された魔法——達也《たつや》が開発し雫《しずく》が使った『能動空中機雷《アクティブ・エアー・マイン》』のことだ——が大規模殺戮兵器《だいきぼさつりくへいき》としてゲリラに利用された、という理由で今年度の開催が中止されたのが五月上旬。それ以降も立て続けに魔法師が関与する軍事的な事件が続いて、九校戦の再開が検討されることは無かった。最近では、今年度だけの中止ではなく九校戦の廃止もあり得ると噂《うわさ》されるようにさえなっていた。

それがいきなり、魔法科高校生だけで自主的に開催するというのだ。深雪《みゆき》の驚きは無理のないものだった。

『本当の九校戦みたいに大々的なものじゃなくて、モノリス・コードだけの対抗戦だけど』

電話の相手はほのか。午前中、一高の図書館に受験用の参考資料を閲覧しに行った際、部活連会頭の五十嵐《いがらし》から相談を受けたとのことだ。

『九校間の交流戦が全く無いのは寂しいって話が、各校の部活連絡会の間で盛り上がったらしくて。一高《うち》の部活連が中心になって準備を進めているんですって』

「面倒見が良《い》い、五十嵐《いがらし》君らしいお話ね」

深雪《みゆき》は呆《あき》れるのではなく、微笑《ほほえ》ましげにクスリと笑った。

「でも受験勉強は良《い》いのかしら？」

今年は九校戦が無くなったので、三年生が受験勉強に例年より力を注いでいると言われている。その所為《せい》で魔法大学の合格ラインがレベルアップしそうだとも。

もっともそれを言うなら深雪《みゆき》は受験の準備に大して時間を割いていないし、達也《たつや》に至っては全く受験用の勉強をしていない。まあ、深雪《みゆき》の場合は筆記試験の点数が悪かったとしても実技で合格が確実だし、達也《たつや》は既に魔法大学卒業資格を確約されているという事情がある。この二人を基準にして他の受験生を考えては駄目だろう。

『今は受験のことより交流戦で頭がいっぱいみたい』

ほのかが他人事《ひとごと》の気楽さで論評する。

『……選手は自費参加でも何とかなりそうだって言ってたけど、会場の確保とか運営予算とか頭が痛そうだった』

だがすぐに薄情だと思ったのか、少し神妙な顔でこう付け加えた。

「それは……確かに大変そうね」

九校戦は例年、国防軍の全面的な協力の下に開催されている。会場からして軍の演習場を借りて設営されていた。

「交流戦はいつ開催する予定なの？」

『やろうという話が持ち上がったのが七月の十日過ぎ、新ソ連を撃退した直後くらいで、今月の最終週には開催したいって言ってた』

「……ちょっと急すぎないかしら」

『モノリス・コードだけだったら土日開催でも良《い》いんだけど……受験のことを考えると』

「……そうね。秋の論文コンぺまで中止にはならないでしょうし、三年生にとってはこの夏休みがリミットかもしれないわね」

『生徒会として、力になれれば良いんだけど……。深雪《みゆき》、何か良《い》いアイデアはない？』

ほのかに問われて、深雪《みゆき》が小さく唸《うな》りながら考え込む。

「……ごめんなさい。わたしでは良《い》い考えが浮かばないわ。少し待っていて？　達也《たつや》様を呼んでくる。すぐに掛け直すから」

『ううん、このまま待ってる！』

モニター画面の中で、ほのかが激しく頭《かぶり》を振る。

「そう？　じゃあ、すぐに戻るから」

深雪《みゆき》はそう言って、ヴィジホンの保留ボタンを押した。

「少し」という言葉のとおり、深雪《みゆき》は一分も経《た》たない内に達也《たつや》を連れて電話を受けていた自室に戻った。

保留状態を解除する。

「ほのか、お待たせ」

『う、ううん。全然、全然待ってないから！』

何故《なぜ》かほのかは「全然」を二度繰り返したが、多分、本人に自覚は無い。

『達也《たつや》さん態々《わざわざ》すみません！』

そして彼女は舌をもつれさせそうになりながら一息にそう言って頭を下げた。

スピーカーが「ゴンッ」という衝突音を伝える。

モニターのアングルがいきなり変わって、ほのかの足下が映し出される。

続けて「ワッ、ワワッ」という慌てふためく声が聞こえ、モニターが暗転して保留のメロディーが流れ出した。

達也《たつや》と深雪《みゆき》が顔を見合わせる。何が起こったのか、想像するのは難しくなかった。頭を下げた拍子に、カメラにぶつかってしまったのだろう。深雪《みゆき》の部屋ではモニターとカメラが一体となっているヴィジホンを使っているが、個人用の小型機種ではカメラが独立になっていて自由に角度を調節できるタイプも普及している。

ヴィジホンは十秒前後で通話状態に復帰した。

『……本当にすみません……』

モニターは泣きそうな顔で肩を落としているほのかを映し出している。

「話は聞かせてもらった。確かに月末というのは大変だろうな」

下手な慰めは逆効果になると考えた達也《たつや》は、すぐ本題に入った。

「もう少し時間に余裕があれば民間のスポンサーを集めるのも不可能ではないと思うが、開催まで一ヶ月を切っていることを考えると国防軍に協力してもらうしかないんじゃないか」

『国防軍にですか？　でも一体どうやって……』

上手《うま》い具合に自らの醜態から意識が逸《そ》れたほのかが、途方に暮れた顔で訊《たず》ねる。その表情から察するに、ほのかたちも軍の力を借りるしかないという結論には達していたようだ。だが具体的な方策を思い付かず行き詰まってしまったのだろう。

『軍に在籍している卒業生の方々には一通りお願いしてみたらしいんですけど、やっぱり時間が足りないって断られたそうです』

「卒業生は戦闘魔法師として出動に備えている状況のはずだ。在校生に力を貸したくても自由になる時間が無いのだろう」

新ソ連の侵攻をいったん退けたとはいえ、あの国が失ったのは海上戦力の、ほんの一部でしかない。二〇九五年十月末に一撃で総艦艇の三割を失った大亜連合のダメージとは、比べものにならないほど軽微だ。ＵＳＮＡとの同盟関係が揺らいでいる今、国境を睨《にら》む国防軍の実働部隊は新ソ連の再侵攻に臨戦態勢で備えているはずだった。

「そうだな……亡《な》くなられた九島《くどう》閣下は、毎年九校戦を楽しみにしておられた。閣下の追悼競技会を開催したいと軍の広報部に申し入れれば、会場の設営くらいは協力してもらえるんじゃないか？」

『なるほど！　ナイスなアイデアだと思います！』

モニターの中から、ほのかがずいっと身を乗り出してくる。――いや、実際にはカメラに顔を近づけただけだが。

彼女のキラキラした光を湛《たた》える瞳に腰が引けてしまう達也《たつや》だったが、表面上はポーカーフェイスを保ったまま続きを口にする。

「宿泊費と交通費は寄付を募るしかないだろう。俺もＦＬＴに援助を頼んでみる」

『分かりました。五十嵐《いがらし》君にそう伝えます』

元気良く頷《うなず》いた後、ほのかはいきなりもじもじとし始めた。

『あの、達也《たつや》さん。実は明後日《あさって》から、みんなで雫《しずく》の別荘へ行くことになっているんです。それで、お邪魔でなければ途中、そちらに寄らせていただいても良いですか……？』

「別に、邪魔ではないが」

頷《うなず》いた達也《たつや》の横から深雪《みゆき》が会話に割り込む。

「受験勉強は大丈夫なの？　皆ということは、エリカや西城君《さいじょう》も一緒なのでしょう？」

『あっ、それは大丈夫。遊びに行くだけじゃなくて、半分は受験対策の合宿みたいなものだから』

「そう……？　それなら良《い》いけど」

深雪《みゆき》は取《と》り敢《あ》えず納得したのか、それ以上の追及はしなかった。深雪《みゆき》が半歩下がったことで、カメラが自動的に達也《たつや》へ向く。ほのかが前にしているモニターの中では、彼女が視線を深雪《みゆき》から達也《たつや》へ移動させたように見えているはずだ。

ほのかのセリフが、自然と達也《たつや》へ向けられるものに変わる。

『じゃあ、すみません。明後日《あさって》は雫《しずく》のお家《うち》の飛行機でお邪魔させていただきます。お昼過ぎくらいになると思いますので』

「ではこちらで昼食を用意させよう」

『えっ、良《い》いですよ！　機内食にお弁当を出すって雫《しずく》が言ってましたから』

達也《たつや》の申し出に、ほのかが慌てて首と両手を横に振る。

「ほのか、水臭いわ。人数は六人分？　そのくらい、全く手間じゃないから」

『……うん、そう、いつもの六人。ありがとう、雫《しずく》にそう伝えとく』

だが再びフレームインした深雪《みゆき》の言葉に、ほのかも遠慮を引っ込めた。

「じゃあ、明後日《あさって》のお昼に会いましょう」

『うん、明後日《あさって》。じゃあね、深雪《みゆき》。達也《たつや》さん、失礼します』

ぺこりと頭を下げるほのか。その言葉と仕草がジェスチャー登録されていたのか、彼女がお辞儀をした状態で通話は切れた。

◇ ◇ ◇

そして八月三日、土曜日。

雫《しずく》、ほのか、エリカ、レオ、美月《みづき》、幹比古《みきひこ》の六人とパイロット、お世話係のメイドの合計八人を乗せたティルトローター機は予定より少し早く、お昼前に巳焼島《みやきしま》の空港に着陸した。

その時点ではまだ、民間機に警報は出されていなかった。

［7］

二〇九七年八月三日。

防衛省は朝から緊迫した喧噪《けんそう》に包まれていた。

日本時間七月三十日朝、ハワイ州オアフ島を出港したUSNA海軍強襲揚陸艦『グアム』の目的地が、ほぼ間違いなく伊豆諸島《いずしょとう》だとその針路から判明した為《ため》だ。

戦術AIによる予測を最初、背広組も制服組も信用しなかった。ただ無視することもせず、制服組はUSNA海軍太平洋艦隊司令部に『グアム』の目的を訊《たず》ねた。

問い合わせに対するUSNA海軍の回答が、防衛省をパニックに陥《おとしい》れた。

彼らは「グアムは秘密作戦中であり質問には答えられない」と返してきたのだ。また「グアムに生じた情報機器の故障により、現在位置を把握できていない」とも。

何処《どこ》にいるか分からないというのは、明らかに嘘《うそ》だ。日本以上に多数の軍事衛星を運用しているUSNAが海上を航行中の自国艦船を見付けられないはずはない。こんな見え透いた嘘《うそ》を平気で吐くのは、非友好的な意図があるとしか考えられなかった。

こうなると、戦術AIの予測を「機械の判断ミス」と片付けられなくなる。USNA艦艇による伊豆諸島《いずしょとう》攻撃に備えなければならないという声が、主に制服組の間で高まった。

元々海軍士官の間では、USNAに対する反感が燻《くすぶ》っている。

新ソ連の侵攻と歩調を合わせるようにして、伊豆諸島《いずしょとう》・巳焼島《みやきしま》に対し行われた輸送艦による奇襲上陸攻撃。

島の実質的所有者である四葉家《よつばけ》と防衛省の利害が一致した結果、公式記録上は無かったことになっている事件だが、奇襲に使われた輸送艦はＵＳＮＡ海軍所属の『ミッドウェイ』だったと分かっている。

敵対関係にあるならいざ知らず、日米の同盟関係はまだ維持されている。ＵＳＮＡ海軍による奇襲は裏切り、騙《だま》し討《う》ちに他ならない。しかも奇襲が失敗した後、何事も無かったかのように謝罪どころか言い訳の一つすらない。

制服組にとってＵＳＮＡの態度、振る舞いは虚仮《こけ》にされているとしか思えないものだった。

国防軍内では海軍の尉官、佐官を中心に即時迎撃を主張する論調が高まっていた。

だが防衛省の背広組の間では制服組とは逆に、交戦は絶対に避けるべきだという意見が主流をなしていた。

二〇九五年十一月以来、日本とＵＳＮＡは微妙な緊張関係にある。日本が大亜連合に勝ちすぎたことがきっかけだ。これはＵＳＮＡが一方的に脅威を覚えているのであって、日本としてはどうすることもできない。大戦前であれば自ら軍事力を落とすという対応もあったかもしれないが、有事の際に同盟国の援助を全面的には当てにできなくなっている大戦後の状況で、自分から弱体化を選ぶのは国民に対する義務の放棄に等しい。

だからといってUSNAと明確な敵対関係に陥るわけにはいかない。多少面子《メンツ》を潰されたからとUSNAに対する全面対決に踏み切るのは、日本にとって自殺行為だ。ただでさえこの国は、西に大亜連合、北に新ソ連という敵対的な大国を抱えている。せめて東は、表面的であろうとも友好を維持しなければ国の安全が保てない。「栄光ある孤立」が通用する時代ではないのだ。

背広組の本音は「名を捨てて実を取る」、決定的な決裂を避ける為《ため》ならば多少の損害は甘受すべきというものだ。この防衛省内の意思不統一が、外国の戦闘艦接近に対する措置の遅滞につながっていた。

民間へ警告が中々出されなかったのも、その一つだった。

◇　◇　◇

「達也《たつや》様、お電話です」

水波《みなみ》が着信を告げに来たのは、久々に友人たちとテーブルを共にした昼食が終わった直後のことだった。

退院がマスコミで報じられて以来、達也《たつや》の許《もと》には様々な電話が——詐欺に等しいセールスの電話も——掛かってきている。その全てに応じていては時間が幾らあっても足りない程だ。

それは水波《みなみ》も心得ていて、彼女のところでもある程度の取捨選択をしてくれるのだが、受けるかどうか、達也《たつや》が判断しなければならないものも少なくない。

「誰からだ？」

何人か電話を掛けてきそうな相手を思い浮かべながら達也《たつや》はそう訊《たず》ねた。

「三高の一条《いちじょう》様からです」

「一条《いちじょう》から？」

正解は、達也《たつや》が思いも寄らない相手だった。「三高の」と水波《みなみ》が付けたのは、父親で一条家《いちじょうけ》当主の一条剛毅《いちじょうごうき》と区別する為《ため》だろう。

電話の相手が予想外だったのは達也《たつや》だけではない。深雪《みゆき》も訝《いぶか》しげな表情を浮かべ、友人たちの間にもざわめきが起こる。

「——分かった。応接だな？」

「はい、第一応接室です」

彼らが食事をしていたのは達也《たつや》と深雪《みゆき》が仮の自宅として使っている部屋ではない。来客用の小食堂だ。隣には商談用の応接室が幾つか設けられており、第一応接室はテレビ会議用の設備が導入されている部屋で師族会議にオンラインで参加することもできる。おそらく一条将輝《いちじょうまさき》は、この十師族用の回線を使ってコンタクトしてきたのだろう。

立ち上がった達也《たつや》を先導すべく、水波《みなみ》が出入り口の扉に向かう。

だが達也《たつや》が彼女を止めた。

「水波《みなみ》、皆に飲み物を頼む」

この食堂には給仕《きゅうじ》が別にいるのだが、次期当主である深雪《みゆき》の専属メイドでスキルも十分な水波《みなみ》が手伝っても文句を言う者などいない。

「お前と話をしたそうにしている者もいる。飲み物を配り終わったら、少し相手をしてやってくれないか」

「――かしこまりました」

やや納得がいかないような顔をしながら丁寧に一礼する水波《みなみ》を置いて、達也《たつや》は一人で第一応接室へ向かった。

◇　◇　◇

「待たせてすまない」

保留状態を解除して大型のモニター画面に登場した将輝《まさき》に、達也《たつや》はまず謝罪を述べた。

『いや、こちらの方こそ突然で申し訳ない』

達也《たつや》も将輝《まさき》も魔法が絡《から》まない日常的な部分では常識人だ。いきなり憎まれ口を叩《たた》き合うとか前置きを無視して一方的に用件をまくし立てるような真似《まね》はしない。

「急な用があるのだろう？　何があったんだ？」

とはいえ、仲良く世間話に興じる仲でもない。達也《たつや》は段取りを踏んだ上で、本題に入るよう促した。

『実は、親父《おやじ》が国防軍の知り合いから聞いてきた話なんだが』

「一条《いちじょう》殿が？」
○○殿というのは十師族の間で他家の当主を呼ぶ時に使われる表現だ。この場合の「一条《いちじょう》殿」は将輝《まさき》の父親で一条家《いちじょうけ》の当主、一条剛毅《いちじょうごうき》を指す。
『司波《しば》、落ち着いて聞いてくれ』

客観的に見て落ち着きを必要とするのは、どちらかと言えば将輝《まさき》の方だったが、達也《たつや》は「俺は落ち着いている」といった類いの茶々を入れなかった。

『USNAの強襲揚陸艦グアムが駆逐艦二隻を引き連れて伊豆諸島《いずしょとう》に向かっている。標的はおそらく、お前だ』

「……演習目的ではなく攻撃を意図しているのは確かか？」

『航海目的の問い合わせに米軍は答えなかったらしい』

「確かにそれは、演習ではないな」

『戦闘艦三隻は真《ま》っ直《す》ぐ巳焼島《みやきしま》へ向かっているようだ。明日の朝には攻撃圏内に入ると軍は予測している』

「駆逐艦のタイプは？　ミサイル艦か？」

『そこまでは……』

「そうだな、すまん」

将輝《まさき》の困惑を見て、達也《たつや》は自分の方が無理を言ったと自覚した。

『いや』

将輝《まさき》が気を取り直すのも早かった。

『司波《しば》、もしかしたら国防軍は動かないかもしれない。……驚かないのか？』

軍に見捨てられるかもしれないと告げられて全く動揺を見せなかった達也《たつや》に、将輝《まさき》が意外感を露《あら》わにして訊《たず》ねる。

「四葉家《よつばけ》は現在、国防軍との間にちょっとしたトラブルを抱えているからな」

『……そんなことを言っている場合ではないのではないか？　国土が外国の攻撃に曝《さら》されようとしているんだ。どんな事情があろうと自衛に出動するのが軍の義務だろう』

「理屈ではそうなんだがな」

憤懣《ふんまん》遣《や》る方無《かたな》いといった表情の将輝《まさき》を達也《たつや》が形ばかり宥《なだ》める。

将輝《まさき》は表面上、冷静に戻ったが、内部の熱量はかえって高まっているように見えた。

『司波《しば》、援軍は必要か？』

「気持ちはありがたいが、それはまずい」

将輝《まさき》の問い掛けの意図を、達也《たつや》は誤解しなかった。彼は自分が巳焼島《みやきしま》の防衛に加わると申し出ている。それを理解した上で、達也《たつや》は将輝《まさき》の好意を断った。

『何故《なぜ》だ？　一条家《いちじょうけ》と国防軍の関係悪化を心配しているなら……』

「そうじゃない」

四葉家《よつばけ》が国防軍との間にトラブルを抱えていると聞けば、将輝《まさき》が言い掛けたような懸念《けねん》が生じるのも自然だ。しかし達也《たつや》が案じているのはもっとシビアな問題だった。

「お前が今、そこを離れるのはまずい。北からの脅威は消えていない」

『……新ソ連がまた、攻めてくると？』

「米軍の艦船が俺を狙っているのだとしても、USNA政府がそれを命じているわけではないと思う。一部の強硬派による暴走である可能性が高い」

『そう考える根拠はあるのか？』

「ある」

その根拠は何か、とは、将輝《まさき》は訊《たず》ねなかった。手の内を詮索しないのが、十師族間のマナーだからだ。

『USNAよりも新ソ連による再侵攻の方が脅威だと、お前は考えているんだな？』

「そうだ」

『……分かった』

達也《たつや》の答えは簡潔すぎるものだったが、その声には説得力があった。
だがおそらくそれ以上に、将輝《まさき》自身も新ソ連の動向を気にしていたに違いない。
『俺は北に備える。司波《しば》……本当に大丈夫なんだな？』
「心配しなくても、深雪《みゆき》には掠《かす》り傷一つ付けさせない」
『そ、そんなことを言ってるんじゃない！』
将輝《まさき》の顔が赤く染まっているのは邪推された憤《いきどお》りによるものか。
それとも……。
「深雪《みゆき》のことが気にならないのか？」
『──またな！』
達也《たつや》の問い掛けに答えることなく、将輝《まさき》は電話を切った。
別れではなく、再会を約束する言葉と共に。

◇◇◇

達也《たつや》が席を外した小食堂では、水波《みなみ》を中心にして微妙な雰囲気が形成されていた。彼女以外は三年生、彼女だけが二年生という事情もその空気の一因だろう。だが主な理由は、友人たちが水波《みなみ》を襲った災難について、中途半端《ちゅうとはんぱ》に知っているという点にあった。

「あーっ、桜井《さくらい》。身体《からだ》はもう良《い》いのか？」

　最初に気まずい空気を打破しようと口を開いたのはレオだった。彼と水波《みなみ》は山岳部の先輩・後輩の間柄だ。

「ご心配をお掛けしました。肉体的にはすっかり回復していると、お医者様にもお墨付きをいただいています」

「良かったじゃねえか！」

「ただ、魔法は使えなくなってしまいましたが」

「えっ⁉」

　驚きの声を漏らしたのは、レオだけではなかった。水波《みなみ》が魔法師として優れた才能の持ち主だったことを全員が知っている。その彼女が魔法を使えなくなったという告白は、皆に大きなショックを与えていた。

「西城《さいじょう》先輩や皆さんにはお世話になりましたが、多分、一高を退学することになると思います」

「……学校を辞めて、どうするんだ？」

「達也《たつや》様より、引き続き深雪《みゆき》様にお仕えしても良いとのお言葉を頂戴しておりますので、甘えさせていただくつもりです」

　水波《みなみ》のセリフに、エリカが大きく──大袈裟《おおげさ》すぎる程の仕草で頷《うなず》いた。

「そうね！　魔法師だけが生きる道じゃないわ」

「そうだね。簡単に納得できることじゃないだろうし、気持ちの整理がつくまでには時間が掛かると思うけど……。世の中、魔法を使えない人間の方が多いんだから」

幹比古《みきひこ》がエリカに続く。

「水波《みなみ》ちゃんは一般科目の成績も良かったよね？　文系でも理系でも、その気になれば普通の高校に転校して一流の大学に進学できるわよ」

同じ生徒会で水波《みなみ》の成績を良く知っているほのかがそう言えば、

「水波《みなみ》ちゃんはお料理だってとても上手ですよ」

「うん。家《うち》のメイドに欲しいくらい。水波《みなみ》、私の家で雇われない？」

美月《みづき》のセリフを受けて、雫《しずく》がそう付け加える。

「い、いえ。申し訳ございません、私は……」

雫《しずく》のオファーに、水波《みなみ》は本気であたふたし始めた。

「駄目よ、雫《しずく》。水波《みなみ》ちゃんは渡せないわ」

ここで、それまで黙っていた深雪《みゆき》が口を挿《はさ》む。

「ケチ」

雫《しずく》の一言に笑いが漏れる。その場に漂っていた気まずい空気が、少し緩和された。

◇　◇　◇

食堂に戻った達也《たつや》は息苦しい雰囲気の残り香を嗅ぎ取ったが、何があったのか訊《たず》ねたりはしなかった。

「皆、大事な話がある」

今は緊急度の高い優先事項が他にあった。

「一条《いちじょう》さんからのお電話に関わるお話ですか？」

深雪《みゆき》の質問に達也《たつや》は「そうだ」と頷《うなず》いて、視線を雫《しずく》に向ける。

「雫《しずく》、別荘行きは中止した方が良《い》い」

「何があったの？」

雫《しずく》は達也《たつや》の目を正面から見返しながら、「何か」ではなく「何が」と訊《たず》ねた。

達也《たつや》の警告が根拠のあるものだと彼女は理解している。その上で、事情を明かせと要求している。

船であと一日足らずの距離まで接近されながら警報を出していないということは、政府か軍に何か公表したくない理由があるのだ。その思惑まで推測できてしまう達也《たつや》は、今ここで事実を明かして良いのかどうか、迷わずにいられなかった。

だが自分に向けられている眼差《まなざ》しを見て――雫《しずく》だけでなくほのか、エリカ、美月《みづき》、レオ、幹比古《みきひこ》、そして深雪《みゆき》の瞳に込められた熱を感じて、隠蔽は無駄だと覚《さと》った。

本当のことを言わなければ、友人たちは予定を変えないだろう。それどころか、この島に居座るかもしれない。元々達也《たつや》は、深雪《みゆき》には後で説明するつもりだった。だがどうやら、予定を変更しなければならないようだ。

「早ければ明日、この島はUSNAの強襲揚陸艦と駆逐艦の攻撃を受ける。戦闘が小笠原諸島《おがさわらしょとう》に飛び火する可能性は否定できない」

「アメリカが攻めてくるっていうの⁉」

「そうじゃない」

エリカの叫びに、達也《たつや》は首を横に振った。

「USNAが国として日本に攻撃を仕掛けてきたのでないことは分かっている」

達也《たつや》は「分かっている」と断言したが、実際には確たる根拠は無かった。あくまでも推測でしかない。

「おそらく、エドワード・クラークがパラサイトと軍の一部を唆《そそのか》して破れかぶれの賭けに出たのだろう。この攻撃が失敗すれば、USNA政府はクラークを見捨てるに違いない」

推測だが、達也《たつや》には確信があった。カーティス上院議員や原潜空母のカーティス艦長とそのクルー、水波《みなみ》を奪還に向かう途中で通信を交わした名も知らぬ空母の艦長など、USNAの政治家・軍人と接触した経験から、アメリカ人はマスヒステリーに陥るまでには、自分のことをまだ恐れていないという感触を達也《たつや》は得ていた。

今のところUSNAは、大亜連合の太平洋進出を食い止めている日本という防波堤を放棄する程の脅威を覚えていない。今回の戦闘結果次第で脅威判定は変わるかもしれないが、それならば今後の手出しを躊躇《ためら》うよう徹底的に自分たちの力を見せつけてやるまでだ。実を言えば、強襲揚陸艦の来襲はその良《い》い機会だと達也《たつや》は考えていた。

「明日だろ？　それにしちゃあ、国防軍が動いている様に見えねえけど」

レオが割と平然とした顔で疑問を呈する。

「国防軍は動かない」

「何だってぇ……？」

達也《たつや》の答えに、レオは怒気を孕《はら》んだ唸《うな》り声を漏らした。

「その方が俺たちも都合が良《い》い」

だが達也《たつや》が付け加えた言葉に、レオの怒気は霧散する。

「……四葉家《よつばけ》だけで撃退するつもりか？」

「そうだ」

達也《たつや》が口にした「俺たち」というフレーズは、四葉家《よつばけ》を意味したものではなかった。だが達《たつ》也《や》に、そこまで説明するつもりはなかった。

「達也《たつや》、パラサイトが来ると言うのかい？」

今度は幹比古《みきひこ》から質問が飛ぶ。

「来る」

達也《たつや》は一言で幹比古《みきひこ》の問いに答えた。理由の説明は無かったが、その言葉には有無を言わせぬ説得力があった。

「だったら……」

達也《たつや》の回答を受けた幹比古《みきひこ》のセリフも、根拠を求めるものではなかった。

「僕にも手伝わせてくれないか。古式の術者の端くれとして、妖魔の襲来を見過ごしにはできない」

「吉田《よしだ》くん⁉」

美月《みづき》が思わず声を上げたのも、無理はない。幹比古《みきひこ》の申し入れは、わずか三隻とはいえUSNAの軍艦を相手にする戦いに参加したいということなのだ。運が悪ければ命を落とす。そんな危ない真似《まね》は止めて欲しいと考えるのは、美月《みづき》でなくても当然だろう。

「止めておけ、幹比古《みきひこ》。お前が命を懸ける必要はない」

達也《たつや》の答えに、美月《みづき》が安堵《あんど》した表情を見せる。

幹比古《みきひこ》は逆に、納得できないと言いたげな様子だ。

「心配しなくても、パラサイトは全滅させる。同化した元人間だけでなく、本体の方も、一匹たりと逃がしはしない」

だが達也《たつや》にこう言い切られては、幹比古《みきひこ》は反論できなかった。

「でも達也《たつや》くん。参戦させるかどうかは別にして、ミキをここに残すのは悪い考えじゃないと思うけど」

言葉を無くした幹比古《みきひこ》に代わって反論したのはエリカだ。

「当事者の証言だけじゃ弱いでしょ？　偶然居合わせた民間人の証言があった方が正当防衛を主張し易《やす》いし、USNAのルール破りに説得力を持たせられるんじゃないかな」

「そうだな……。一理ある」

エリカの意見は、達也《たつや》もすぐには退けなかった。

「だがそこまでする必要は無い。宣伝戦で優位に立てたとしても、お前たちの命を危険に曝《さら》すリスクに見合うだけのメリットが無い」

しかし結局、達也《たつや》はエリカの主張を却下した。

「そうかなぁ」

だがエリカは幹比古《みきひこ》と違って、簡単には引き下がらなかった。

「リスクって言うけど、達也《たつや》くんは戦闘に参加しない、遊びに来ただけの友達を命が危うくなるような目に遭わせたりしないでしょう？」

「それはそうだが……」

「達也《たつや》くん、この前ほのかのことを守ってくれるって言ってたでしょ。守るのは、ほのかだけ？」

エリカが持ち出したのは、ほのかがUSNAの非合法工作部隊『イリーガルMAP《マップ》』に拉致された後、入院していたほのかの病室で雫《しずく》に求められて交わした約束だ。その前日、彼が深雪《みゆき》とリーナに話した、ほのかだけでなくエリカや美月《みづき》や他の友人たちも四葉家《よつばけ》の——四葉家《よつばけ》次期当主の婚約者となった自分の庇護《ひご》下におくというプランは、エリカの知らない話であるはずだった。

達也《たつや》は思わず、深雪《みゆき》に疑惑の目を向けた。

深雪《みゆき》は「滅相もない」という表情で、首を小刻みに、何度も横に振った。

そんな二人の言葉にならない遣《や》り取《と》りを、エリカはニヤニヤ笑いながら見ている。どうやらこの場は、エリカの読み勝ちであるようだ。

「……お客様の安全は保証する」

達也《たつや》は些細《ささい》な嫌みを返すことしかできなかった。

エリカが「フフン」と得意げな笑みを浮かべる。

「じゃあさ、あたしもしばらく泊めてくれない？　家には四泊五日で受験合宿に行くって言って出てきたから、すぐには帰り辛いんだよね」

「……自己責任だぞ」

「危ない真似《まね》はしないよ」

諦めの表情で釘《くぎ》を刺す達也《たつや》に、エリカは真面目な顔で応えた。

「あの、私も」「じゃあ俺も」

その直後。間髪を入れず、ほのかとレオが同時に声を上げる。

「だったら私もだね」

二人の後に、雫《しずく》がちゃっかりそう続けた。

「えっと……でしたら私も」

最後に美月《みづき》までもが、そう言い出した。

達也《たつや》が大きく、ため息を吐く。

そして、水波《みなみ》へと振り向いた。

「水波《みなみ》、すぐに使えるゲストルームは何部屋だ？」

「少々お待ちください」

水波《みなみ》が左手で耳元の髪をかき上げ、左耳に付けている音声通信ユニットのレシーバーに指を当てた。指紋認証式のウェアラブルスマートスピーカー、首に密着しているチョーカーで喉の振動を読み取ってコマンドを拾うタイプだ。据え置き式のスマートスピーカーがＡＩの操作に関係の無い、プライバシーに関わる会話までサーバーに取り込んでしまう「ＡＩ盗聴問題」を機に開発されたデバイスである。

片手を口に当てた水波《みなみ》が、小声で達也《たつや》の質問を繰り返す。水波《みなみ》はもう一度左耳のユニットに指を当ててスマートスピーカーを切断し、達也《たつや》に顔を向けた。

「達也《たつや》様、ツインとシングルが一部屋ずつです」

「ではシングルにエリカ、ツインに幹比古《みきひこ》とレオだ。ほのか、雫《しずく》、美月《みづき》は暗くなる前に自宅へ戻ってくれ」

今度は達也《たつや》も友人たちに口を挿《はさ》む余裕を与えない。

「そんなぁ」

ほのかが同情を誘う口調で抗議の声を上げたが、達也《たつや》は黙殺した。

「──仕方無い。ほのか、家《うち》に泊まりにおいで。美月《みづき》も良かったらどうぞ」

それ以上揉《も》めなかったのは、雫《しずく》のフォローの御蔭《おかげ》に違いなかった。

◇　◇　◇

将輝《まさき》から得た情報を伝えなければならない相手は、友人たちだけではない。思い掛けず時間を喰《く》ってしまったが、達也《たつや》はほのかたちの見送りを深雪《みゆき》に、エリカたちの案内を水波《みなみ》に任せて、四葉《よつば》本家への直通回線を開いた。

『達也《たつや》様、如何《いかが》なさいましたか』

ヴィジホンに出た葉山《はやま》は達也《たつや》への接し方を、主筋の人間に対するものへすっかり切り替えている。彼だけではない。本家の使用人は既に一人残らず、達也《たつや》に対する態度を改めていた。

「先程、一条将輝《いちじようまさき》から情報提供を受けました。USNAの強襲揚陸艦と駆逐艦が巳焼島《みやきしま》に迫っているそうです」

『然様《さよう》でございますか』

「そちらでも摑《つか》んでいたのですか」

問い掛けながら、達也《たつや》は意外感を覚えていなかった。

『強襲揚陸艦グアム、それに駆逐艦ロスおよびハルでございますな。日本に接近しているのは認識しておりましたが、目的地までは特定しておりませんでした』

「しかし、予測はしていた？」

『はい。達也《たつや》様と同様に』

葉山《はやま》の決め付けに、達也《たつや》は反論しなかった。気分を害されることもない。巳焼島《みやきしま》は先月上旬にもパラサイト化したスターズを中核とする部隊の奇襲を受けている。巳焼島《みやきしま》の事業に関わっている四葉家《よつばけ》の者に、襲撃があれで終わりと考えている者はいなかった。

「では私がお伝えするまでもありませんでしたか」

達也《たつや》は国防軍と本格的に決別して以来、意識して一人称を「私」に変えている。

『いえいえ、決してその様なことは。迎撃の準備は調《ととの》っておりましたが、日時が明日と特定できたのは助かります。ところで一条《いちじょう》様はどちらからこの件をお知りになったのでしょう？』

「父君の一条《いちじょう》殿が国防軍内の個人的な伝手《つて》で聞きつけてこられたそうです」

『そうですか。私どもも手の者を参謀部に潜り込ませておるのですが……』

画面の中で、葉山《はやま》が手許《てもと》に目を落とす。おそらく、その工作員が何をしているのか確認しているのだろう。

『……どうやら本日は首都近郊の基地に派遣されているようです』

「タイミングが悪かったようですね」

『そのようですな。国防軍や防衛省の課報員《ちょうほういん》を、もう少し増強することに致しましょう』

葉山《はやま》の独り言じみた弁明に、達也《たつや》は何もコメントしなかった。ヒューミント——人の手を介した課報活動《ちょうほうかつどう》は黒羽家《くろばけ》の所管事項であり、彼が口を出すべきことでもなければ、口を出す必要もない。

『それは後日対応すると致しまして、明日の襲撃については直ちに増援を派遣するよう、手配致します。ただ今スタンバイしておりますのは新発田家《しばたけ》の部隊ですが、パラサイトへの備えとして津久葉家《つくばけ》にも出動を要請しますか？』

「その判断は本家にお任せします」

『承りました。奥様に何かご伝言はございますか？』

「それでは、こうお伝えください。『東道《とうどう》閣下とのお約束を果たすべく、全力で臨む』と」

達也《たつや》の言葉に、葉山《はやま》の表情が固まる。

『……僭越《せんえつ》ながら、おうかがいしても？』

「何でしょう」

『達也《たつや》様……。マテリアル・バーストを、お使いになるのですか』

達也《たつや》は「心配要らない」とばかりに、薄らと笑った。

「あれを使わなければならない局面は、発生しないでしょう」

『では？』

葉山《はやま》が極短い一言で、達也《たつや》の真意を問う。

「俺の魔法はマテリアル・バーストだけではないと、世界に理解してもらいます。使い所が限定されている戦略級魔法に頼らなくても魔法は抑止力となり得ると、世界中に見せつけてやるつもりです」

達也《たつや》はこの場で具体的な答えを返さなかった。

『然様《さよう》でございますか……。かしこまりました』

葉山《はやま》がモニターの中で深々と一礼する。

具体的な説明はせずとも、達也《たつや》の決意は十分に伝わっていた。

誤解しようの、ない程に。

◇◇◇

八月三日、夜。

エリカ、レオ、幹比古《みきひこ》を交えた晩餐《ばんさん》の片付けも終わり、水波《みなみ》も自分の部屋に戻って、深雪《みゆき》は達也《たつや》と二人きりの時を迎えた。

リビングで達也《たつや》の隣に座ってティータイムを楽しむ。今夜のお茶は、深雪《みゆき》が自分で淹《い》れたアイスハーブティー。自分が供したお茶に、達也《たつや》が満足げな笑みを浮かべる。深雪《みゆき》にとって、至福の一時だった。

深雪《みゆき》がチラと隣を窺《うかが》う。

ちょうどガラスのカップを傾けていた達也《たつや》は、期待どおりの笑みを浮かべていた。

自分の顔が笑み崩れそうになっているのを自覚して、深雪《みゆき》はできるだけさり気ない仕草で下を向いた。そのままお揃《そろ》いのカップに口を付ける。

リラックス効果のあるハーブティーで気持ちを落ち着け、ホッと息を吐いた深雪《みゆき》は、隣から強い眼差《まなざ》しが注がれているのに気付いた。

思わず、身を固くする深雪《みゆき》。だがすぐ、その眼差《まなざ》しに色っぽい感情は含まれていないと覚《さと》る。

彼女は恐る恐る、達也《たつや》へ振り向いた。

達也《たつや》と目が合う。彼の視線は怖いくらいに真剣で、何か深刻な事態を予感させるものだった。

「深雪《みゆき》」

「はい、お兄様」

深雪《みゆき》は上擦りそうになる声を抑える為《ため》に、かなりの努力を強いられた。

「お前を戦場に立たせるのは、俺の本意ではない。本来であればガーディアンとしてもフィアンセとしても、避けなければならないことだと思う」

フィアンセとしても、というフレーズに深雪《みゆき》の意識が飛びそうになる。達也《たつや》が深雪《みゆき》に対して自分から「フィアンセ」の立場を口にするのは珍しいからだ。

「だが明日は、お前の力を貸して欲しい」

だが達也《たつや》に助力を請《こ》われていると認識して、深雪《みゆき》のふわふわした気分は吹き飛んだ。

「何をすればよろしいのでしょうか」

達也《たつや》に求められているのだ。そう思うと、自然に心がそれだけに集中した。

「明日、USNAの軍艦が攻めてくるのは昼に話したとおりだが、襲ってくるのはそれだけではない。ベゾブラゾフが、クラークの企《たくら》みに便乗して手を出してくると思う」

「新ソ連のベゾブラゾフが、ですか？」

「ああ。確たる根拠は無い。だがヤツにとっては雪辱を成し遂げる格好の機会だ。それに新ソ連にとっても、隣国の戦略級魔法師である俺は是非とも葬《ほうむ》り去《さ》りたい相手に違いない。あの国が介入してくる可能性は高い。攻撃手段はトゥマーン・ボンバ、中距離ミサイル、それにミサイル潜水艦を送り込んでくるといったあたりか。既に新ソ連の潜水艦がこの島の近くまで来ているかもしれしれしない」

「お兄様の仰《おつしや》るとおりだと思います」

深雪《みゆき》は盲目的に追従《ついじゆう》しているわけではない。少なくともこの時は、自分の頭で考えて達也《たつや》の推測に合理性を認めていた。

「襲い掛かってくるなら、撃退するのは当然だ。無傷で返すなど、ありえない。だがＵＳＮＡと新ソ連を同時に相手取るとなると、やり過ぎるわけにはいかない。終わった後のことを無視できない」

「ただ勝てば良いのではないと、お考えなのですね」

「エドワード・クラークとベゾブラゾフは、これを機に抹殺する。後顧の憂いを断つ為《ため》にも、あの二人は生かしておけない」

断固たる口調でそう聞かされて、深雪《みゆき》の表情が曇る。彼女はまだ、人殺しを無抵抗で受け容《い》れられる程、擦《す》れていなかった。

しかし反対もしなかった。達也《たつや》の言葉だから、ではない。話し合いが通じない相手もいると、彼女は自身の経験を通じて学んでいた。

「だがマテリアル・バーストは使いたくない。あの魔法は抵抗しようのない問答無用の虐殺というイメージが強すぎる」

達也《たつや》の口調に自虐的なニュアンスは無い。彼が客観的な認識に立って自分の魔法を評価しているのが分かるので、深雪《みゆき》も反論しなかった。

「USNAの戦闘艦や新ソ連の潜水艦は、破壊せずに無力化するのが望ましい。最終的に沈めるとしても、無力化したことを見せつけた後にしたい」

深雪《みゆき》の瞳に、理解の光が点《とも》る。

「それをわたしにお任せくださるのですね？　分かりました。相手が何隻だろうと、氷づけにして御覧に入れます」

その美貌を凜々《りり》しく引き締めて、さながら戦神の神託を受けた聖少女のような佇《たたず》まいで、深《み》雪《ゆき》がきっぱりと告げる。

ただその姿は、達也《たつや》にとって余り歓迎できるものではなかったようだ。その表情が一瞬、哀《かな》しげに翳《かげ》る。

それを隠すように、彼はポーカーフェイスの仮面を被《かぶ》って足下の鞄《かばん》からクラシックな装飾が施された白銀の拳銃を取り出した。サイズは深雪《みゆき》の手でも軽々と持てる全長約十二センチ。ただし、銃口は無い。

「これは、特化型CADですか？」

差し出された拳銃モドキを手に取って、深雪《みゆき》が小首を傾《かし》げる。卓越した魔法力を誇る深雪《みゆき》は、これまで特化型CADを必要としてこなかった。

「そのCADには、チェイン・キャストを利用した超広域冷却魔法『氷河期《グレイシャル・エイジ》』の起動式がインストールされている」

「グレイシャル・エイジ……。もしかして、新しい魔法ですか？」

耳慣れない魔法の名称に、深雪《みゆき》が目を丸くした。

「ぶっつけ本番になってしまうが、魔法式自体はニブルヘイムをチェイン・キャストでさらに広域化したものだから発動に伴うリスクは無いはずだ。万一の場合に備えて起動式にはリミッターを組み込んであるから、魔法演算領域に過剰な負荷が掛かる恐れは無い。リミッターの効果は、俺自身で検証済みだ」

この説明を聞いて、深雪《みゆき》がますます目を見開いた。

「ご自分でテストなど……危なくはなかったのですか？」

「お前の為《ため》だ。どれ程のリスクがあろうと、万全を期すさ」

「お兄様……」

深雪《みゆき》の目が潤む。だがそんな場合ではないと堪《こら》えたのだろう。感涙は、零《こぼ》れなかった。

「ただニブルヘイムを使うよりその拡張バージョンである『氷河期《グレイシャル・エイジ》』の方が、負担は少ないはずだ。この魔法で敵の艦船を無力化してくれ」

「かしこまりました。お兄様の隣で、見事その役目を果たして見せます」

深雪《みゆき》が勇ましく宣言する。

「いや、待ってくれ」

しかし達也《たつや》はそのセリフに頷《うなず》くのではなく、水を掛けるフレーズを口にした。

「お前には敵に姿を見られないよう、指令室から魔法を使って欲しい」

「……何故《なぜ》ですか？」

何が気に入らなかったのか、深雪《みゆき》は達也《たつや》に不満げな目を向けている。

「お前が『氷河期《グレイシャル・エイジ》』を使えば、おそらく戦略級魔法に迫る威力を発揮するだろう。警戒されるのは俺だけで良《い》い。お前まで危険な魔法師として他国のターゲットになるのは、絶対に避けなければならない」

強い口調でそう言い聞かせられても、深雪《みゆき》はまだ納得しなかった。

「お兄様はわたしを戦いの場に立たせたくないと仰《おっしゃ》いましたが、私の想《おも》いは逆です。わたしは、守られるばかりの女の子にはなりたくありません。お兄様の背中にかばわれるのではなく、お兄様の隣に立ちたいのです」

達也《たつや》を見詰める深雪《みゆき》の双眸《そうぼう》には不退転の意志が宿っている。第三者がこの場に立ち会っていたなら、達也《たつや》であっても説得は困難ではないかと考えたことだろう。

現に達也《たつや》は、

「参ったな……」

と本気で——あるいは、本気に見える——ため息を漏らしていた。

「深雪《みゆき》。俺はお前を、無力な女の子だなどと考えたことは無い。その証拠に今回の作戦も新魔法も、お前の力が無ければ成算以前に考案すらされなかったものだ」

「…………」

達也《たつや》のセリフが全くの予想外だったのか、深雪《みゆき》は気勢を殺《そ》がれた様子だ。どう反応すれば良いのか分からずに、言葉を失っている。

「俺はお前に、後ろから背中を支えてもらいたいんだがな……。深雪《みゆき》が背後にいてくれるから、俺は何者をも、世界を破滅させることが可能な自分自身の力をさえも、恐れずに済んでいる」

「あ、あの……」

「これからもお前は俺を支え続けてくれると思っていたのだが……、俺の勝手な思い込みだったのか」

「決して、そのようなことはございません！」

深雪《みゆき》は慌てて、達也《たつや》の嘆きを否定した。

「わたしはこれからもお兄様のお背中を支え続けます！」

彼女は自分が自家撞着《じかどうちゃく》を起こしていると、果たして自覚していたかどうか。

「ありがとう、深雪《みゆき》。では明日も後方からの支援を頼む」

「お任せください！」

「頼りにしている」

「はいっ！」

多分深雪《みゆき》は、自分が丸め込まれたことにも気付いていなかった。

［8］

西暦二〇九七年八月四日。
この日世界は、再び魔法の力を思い知る。
一人の魔法師が大国すらも圧倒する、その力を。

◇　◇　◇

八月四日午前八時。ＵＳＮＡの強襲揚陸艦『グアム』が巳焼島《みやきしま》沖合二十四海里のラインを通過した。『グアム』はそのまま西に進んだが、同行していた駆逐艦二隻の内『ハル』は速度を落とし『ロス』は逆に速度を上げて針路を南西に変えた。

二隻の駆逐艦を強襲揚陸艦の護衛艦と認識していた日本の国防軍はこの動きに戸惑い、ＵＳＮＡ艦が巳焼島《みやきしま》の攻撃を意図しているというのは誤解だったのではないかという声も上がった。

◇　◇　◇

国防軍は迷走を始めていたが、巳焼島《みやきしま》のオーナーである四葉家《よつばけ》に迷いは無かった。

「グアム、間も無く領海に侵入します。現在の速度であと五分」

八時二十分。巳焼島《みやきしま》の西岸、かつて島に収容していた重犯罪者魔法師の脱走監視施設を改築して造った私設防衛指令室で、海上の監視を担当する職員による緊迫した声の報告が上がった。

『迎撃部隊の戦闘準備は完了しています』

無線機で報告してきたのは真夜《まや》から防衛指揮を委ねられた新発田勝成《しばたかつしげ》のガーディアン、堤《つつみ》奏太《かなた》だ。

「奏太《かなた》、少し落ち着け。出撃は相手が行動を起こしてからだ」

スピーカーの声から奏太《かなた》が逸《はや》っていると感じた勝成《かつしげ》が、フライングしないよう釘《くぎ》を刺す。

『分かっていますよ、マスター。攻撃を受けたから自衛したって名目が必要だということは、忘れていません』

まるで喫茶店の店主を呼ぶような「マスター」という発音もあって、奏太《かなた》の口調はどうにも真剣味に欠けて聞こえるが、彼の忠誠心に疑いの余地は無い。勝成《かつしげ》はくどくどと注意を繰り返したりはせず、正面の壁一杯に広がるメインスクリーンに目を向けた。

この指令室には窓が無い。普段は窓の代わりに外の景色を映し出しているメインスクリーンには今、この島を取り巻く様々な情報が表示されている。勝成《かつしげ》は指揮官用の多機能シートの上から、そこに表示されているＵＳＮＡ艦のデータをじっと見詰めた。

「グアム、減速しました」

オペレーターの報告した内容と同じデータをメインスクリーンから読み取った勝成《かつしげ》は、指揮官シート内蔵のインカムを操作する。

「達也《たつや》君、敵艦に動きがあった。深雪《みゆき》さんと一緒に指令室まで来てくれないか」

彼はマイクに向けて、そう話し掛けた。

◇◇◇

深雪《みゆき》は朝食後に達也《たつや》と別れ、水波《みなみ》、エリカ、レオ、幹比古《みきひこ》を連れて居住棟地下のシェルターに移動していた。

地下シェルターといっても地上階と同じ広さがあり、居住性は快適だ。室内には島内全域を映し出す四枚の大型ディスプレイが備わっており、利便性はむしろ、地上のゲストルームより地下シェルターの方が勝っている。

今のところ、島内に異常は見られない。いつもと違う点は、東岸のプラント区画から民間人――四葉家《よつばけ》の戦闘員ではないという意味での――が避難しているということだけか。今日は日曜日なので、プラントの建設やテスト運転が止まっているのはいつもどおりだ。

とはいえ避難した科学者、技術者の代わりに戦闘員の増援が配置されているので、人が少ないということはない。屋外に出ている人影は普段よりむしろ多いくらいだった。

ＵＳＮＡの軍艦は、まだ視界に入っていない。シェルターから利用できるカメラは沿岸部までしか映さない。具体的には海岸線から約八キロ、海抜五メートルの高さに視点を設定した水平線が限度だ。領海の境界線、十二海里＝約二十二キロまでは映らない。

その平和的とは言えないまでも切迫感に欠ける映像が物足りなくなったのか、エリカがディスプレイから目を離して深雪《みゆき》の方へ振り向いた。

「敵艦は何処《どこ》まで来てるの？」

「水波《みなみ》ちゃん、分かる？」

深雪《みゆき》はエリカの問い掛けを水波《みなみ》につないだ。

「……領海まであと三キロです」

椅子に腰掛けず、室内の諸設備を集中管理するコンソールの前に陣取っていた水波《みなみ》が、情報端末のキーボードを操作して指令室の管理下にある軍事情報システムから答えを引き出した。同じシェルターでも民間人を収容した部屋では調べられなかったに違いない。本家次期当主が利用する、ＶＩＰルームだからこそ可能なことだった。

「領海まで三キロってことは、海岸まで……ええと」

「約二十五キロです、西城《さいじょう》先輩」

口を挿《はさ》んだレオにも、水波《みなみ》が丁寧に答える。

「二十五キロか。まだランチャーの射程外だよな」

レオの言う「ランチャー」は前《さき》の大戦中に戦闘艦の対地攻撃用主兵器となった『フレミングランチャー』のことだ。電磁投射機構で大型爆弾を飛ばすフレミングランチャーの一般的な射程距離は二十キロメートルとされている。

「ミサイルならとっくに射程内だよ」

今度は、レオのセリフに幹比古《みきひこ》が応えた。

「まだ撃ってこないということは、上陸を企《たくら》んでいるんじゃないかな。桜井《さくらい》さん、接近しているのは駆逐艦？　揚陸艦？」

水波《みなみ》がチラッと深雪《みゆき》を窺《うかが》い見る。

深雪《みゆき》が頷《うなず》くのを確認して、水波《みなみ》は幹比古《みきひこ》の質問に「強襲揚陸艦です」と答えた。

「やはり上陸作戦か。相手も無差別に爆撃するのではなく、狙いを達也《たつや》に絞ってきているようだね」

幹比古《みきひこ》の推測を聞いて、エリカが馬鹿にしたように鼻を鳴らす。

「どうせすぐ無差別爆撃に切り替えるわよ。達也《たつや》くんを暗殺なんて、上手《うま》く行くはずないじゃない」

反論の声は上がらない。レオと幹比古《みきひこ》が納得顔で頷《うなず》く横で、深雪《みゆき》が美しすぎて人間味に欠ける笑みを浮かべていたのが印象的だった。

何となく、会話が途切れる。まるで静寂が訪れるのを狙っていたかのように突然、部屋の扉が開いた。

「達也《たつや》様」

三重になっているスライドドアが開ききる前に立ち上がっていた深雪《みゆき》が、丁寧なお辞儀と共に達也《たつや》を迎える。一拍遅れた水波《みなみ》が、慌てて腰を折った。

深雪《みゆき》の素早い反応に、今更驚いている者はいなかった。他人から見れば不可思議、理不尽、ミステリーでも、達也《たつや》と深雪《みゆき》の友人であれば、この程度は驚くに値しない。ガンマ線遮蔽合金と中性子遮蔽合成樹脂の複合板を組み込んだ三重の扉越しに互いの存在を感知する程度の非常識には、エリカもレオも幹比古《みきひこ》もすっかり慣れていた。

「深雪《みゆき》、勝成《かつしげ》さんが呼んでいる。一緒に来てくれ」

達也《たつや》は友人たちに目もくれず用件だけを口にしたが、三人とも不満は覚えなかった。達也《たつや》はそれを当然と思わせる空気を纏《まと》っていたからだ。

着ている物は黒と見紛《みまが》う群青《ぐんじよう》色の飛行装甲服。四葉《よつば》家《け》が開発した『フリードスーツ』の別バージョンだ。ヘルメットを被《かぶ》り、顔のシールドだけを上げた完全武装状態だった。

達也《たつや》が先日まで使用していたフリードスーツは街中で着ていても「少し変わったライディングスーツ」くらいにしか思われないデザインの、日常的に着用しても怪しまれないことを重視した謂《い》わば「市民《シチズン》バージョン」。

それに対して今彼が身に纏《まと》っているのは、要所を守る装甲や白兵戦用ナイフの柄がむき出しの、一目見てそれと分かる戦闘用スーツだ。「市民《シチズン》バージョン」に対して「兵士《ソルジャー》バージョン」とでも言うべきデザインだった。明らかに民間人に許される限度を踏み越えており、官憲に見付かれば現行犯扱いは免《まぬが》れないと思われる。——実際に警察が逮捕できるかどうかは別にして。

その姿は戦いが迫っていることを分《わ》かり易《やす》く示している。達也《たつや》が深雪《みゆき》を呼びに来たのも敵の迎撃に関わる用件だと、エリカたち三人は自然に考えた。

「エリカ、レオ、幹比古《みきひこ》」

もっとも、達也《たつや》は三人のことを忘れていたのでも無視していたのでもなかった。

「お前たちはここにいてくれ。欲しい物があれば水波《みなみ》が対応する。くれぐれも敵の前に飛び出していったりするなよ」

達也《たつや》に釘《くぎ》を刺されてエリカとレオが首を竦《すく》める。その反応は「大人しくしているつもりは無かった」と白状しているようなものだった。

「幹比古《みきひこ》。二人が無茶をしないよう、見張っておいてくれ」

「う、うん。分かった」

達也《たつや》は幹比古《みきひこ》にプレッシャーを掛けた後、深雪《みゆき》を連れて部屋を出て行った。

この状況で幹比古《みきひこ》が責任を押し付けられたのは、三人のキャラクター的に仕方が無いのかもしれなかった。

◇　◇　◇

達也《たつや》が指令室に入った時、勝成《かつしげ》は夏用のジャケットを脱いでアーマージャケット（防弾・防刃・耐薬品・耐爆機能を備えた戦闘用ジャケット）に着替えている最中だった。

ズボンは元々、同じ素材の物を勝成《かつしげ》は穿《は》いていた。達也《たつや》が着ているツナギタイプに対して、ツーピーススーツタイプの飛行装甲服である。上着の上から伸縮性のベルトで裾を押さえることにより一応の気密性を確保しているが、フリードスーツや国防軍のムーバルスーツ程の性能は望めない。

それでも近距離高速移動の手段として、必要な機能は備えている。達也《たつや》と違って魔法だけで身を守ることのできる勝成《かつしげ》には、これで十分なのだった。

「お待たせしました」

「いや、急に呼びつけたような格好になってすまない」

襟元を閉じ、ベルトを着け終えた勝成《かつしげ》が振り向いて応えを返す。

前置きはそれだけだった。

「実は、強襲揚陸艦グアムが領海に侵入する直前で停船したんだ」

二人とも謝罪合戦のような非生産的なことはせず、すぐ本題に入る。

「敵の狙いについて、君たちの意見を聞きたい」

「駆逐艦の動向を教えてください」

勝成《かつしげ》の問い掛けに、達也《たつや》は答えではなく質問を返した。

「駆逐艦ハルは島の東三十キロの地点に停船している。一方ロスは五十ノット前後の速度で、島の南側領海外縁を迂回《うかい》して西に向かっている」

「グアムは、ロスが配置につくのを待っているのではないでしょうか」

勝成《かつしげ》の回答を聞いて達也《たつや》は、その内容があらかじめ分かっていたかのように、すぐに己の推測を開陳する。

「駆逐艦二隻で東西から挟撃するつもりだと？　だがロスもハルも対空対潜兵装主体の護衛駆逐艦だ。対地攻撃に転用可能なミサイルも多少は保有しているかもしれないが、搭載量はたかが知れている。核でも使わない限り……。まさか、彼らは核攻撃を目論《もくろ》んでいると？」

「核ミサイルは、使わないでしょう。USNA政府が、そこまで黙認するとは思えません」

達也《たつや》の答えには含みがあった。

勝成《かつしげ》はそれを聞き逃さなかった。

「……敵には、核攻撃に匹敵するような大規模魔法の用意があると考えているのか？」

「単なる可能性ですが」

「だからといって、先制攻撃で撃沈するわけにはいかない」

「駆逐艦からの長距離魔法攻撃には俺と深雪《みゆき》で備えます」

達也《たつや》が横目で深雪《みゆき》に振り返る。

深雪《みゆき》はしっかりと頷《うなず》きを返した。

「分かった。そちらは達也《たつや》くんたちに任せる。私は予定どおり、上陸部隊を水際《みずぎわ》で撃退する」

勝成《かつしげ》は達也《たつや》にそう言った後、深雪《みゆき》へ顔を向けた。

「深雪《みゆき》さん、こちらの席へ」

そう言って勝成《かつしげ》は、深雪《みゆき》に指揮官シートへ座るよう促す。

「その席は勝成《かつしげ》さんが叔母様より委ねられた物では？」

「御当主様には、昨日許可を得ています」

「しかし……」

「深雪《みゆき》、お言葉に甘えさせてもらえ。指揮官席には、お前に必要な機能が備わっている」

遠慮する深雪《みゆき》に、達也《たつや》が横から助言する。いや、助言というより指図か。

「お兄様、いえ、達也《たつや》様がそう仰《おっしゃ》るのでしたら」

予想外の言葉を掛けられて、深雪《みゆき》はうっかり達也《たつや》のことを「お兄様」と呼んでしまったが、幸い勝成《かつしげ》も他の者も、指令室内に不審感を懐《いだ》いた者はいなかった。

深雪《みゆき》は指揮官シートに腰掛けようとして、その直前に再び勝成《かつしげ》と目を合わせる。

「では勝成《かつしげ》さんはどうなさるのですか？」

「私は北東海岸の移動基地から指揮を執る」

彼が言う移動基地とは戦術データリンクシステムを組み込んだ装甲ワゴン車のことで、この指令室のコンピューターとつながっている。

「ここからでも飛行デバイスを使えば大して時間は掛からないが、現場に近い方がやはり、色々と都合が良《い》い」

「分かりました。お気を付けて」

「ありがとう」

勝成《かつしげ》がヘルメットを小脇に抱えて指令室を後にする。

深雪《みゆき》は指揮官シートに腰を下ろして、傍《かたわ》らに立つ達也《たつや》を見上げた。

「——達也《たつや》様、教えてください。このシートの機能とは何なのですか？」

「厳密にはシートの機能というよりデスクの機能だ」

「デスク……？」

深雪《みゆき》が訝《いぶか》しげな表情を浮かべる。

それも無理はない。周囲の床より一段高くなった円形の壇の上に据え付けられている指揮官シートの前には何も無い。今は座っている深雪《みゆき》の姿が、周りにいるスタッフから足の先まで見えている状態だ。

「説明するより使ってみた方が早い」

そう言って達也《たつや》は、深雪《みゆき》の右斜め後ろに移動した。

訝《いぶか》しげな表情を浮かべたまま、目で達也《たつや》を追い掛ける深雪《みゆき》。

達也《たつや》は深雪《みゆき》の肩越しに、右アームレストの内側に右手を伸ばした。

後ろから抱きすくめられるような体勢に、深雪《みゆき》が硬直する。

達也《たつや》の右手がアームレストの内側に目立たぬよう配置されたボタンを押した。

達也《たつや》が身体《からだ》を起こす。

その直後、シートの背後を円弧を描いて囲んでいた壁が深雪《みゆき》の左側から前へと移動を始めた。

指揮官シートの前に回り込んだ壁が、今度はシートの方へと移動を始める。

アームレストより外側は根元から、正面は上面十センチのみ深雪《みゆき》の手許《てもと》まで寄り、円弧の壁はシートを囲むデスクに変化した。

「これは一体……？」

大袈裟《おおげさ》なギミックに、深雪《みゆき》が目を丸くする。

「正直、遊びすぎだと思うんだが……」

達也《たつや》が苦笑しているところを見ると、これは彼が設計した物ではないのだろう。

「ここの改築を担当した技術者が、特撮マニアか何かだったのだろうね」

達也《たつや》もこのギミックに対して「おかしい」と感じていると知って、深雪《みゆき》は少し安心している様子だった。

「……それで、役に立つ機能というのは？」

「これだ」

移動してきたデスクの外側に逃げていた達也《たつや》が、手を伸ばして深雪《みゆき》の右側の卓上に現れたタッチボタンの一つに触れた。

デスクの外側が開き、内蔵されていたマイクスタンドのようなアームが深雪《みゆき》の前に伸びる。

「達也《たつや》様、これは？」

「深雪《みゆき》、昨晩渡したＣＡＤは持っているね？」

「もちろんです」

深雪《みゆき》が膝の上に置いていたハンドバッグから、コンパクトな拳銃形態のＣＡＤを取り出す。

「それをここにセットして」

達也《たつや》が指さしたアームの先端は小さなピストルラックの様な形状になっていた。そこに拳銃形態のデバイスを乗せると「銃身」を左右から自動的に挟み込んでＣＡＤを固定する。グリップの部分はむき出しなので、アームにセットしたままＣＡＤの操作が可能だ。

「このアームにはＣＡＤの照準補助を拡張する機能がある。アームにＣＡＤをセットした状態でメインスクリーンの映像に『銃口』を向けると、指令室の戦術コンピューターが照準した物体の位置データを起動式のフォーマットでＣＡＤに送信してくれる。無論、ＣＡＤが戦術データを受信・利用できなければならないが、そのＣＡＤはシステムに対応済みだ。座ったままで半径五十キロ以内の任意の地点、物体を目視しているのと変わりなく照準できる」

「達也《たつや》様が『精霊の眼《エレメンタル・サイト》』で狙いを定められるように、ですか……？」

深雪《みゆき》はこのシステムが、彼女の為《ため》の物だと理解した。『精霊の眼《エレメンタル・サイト》』を持つ達也《たつや》は、このシステムを必要としない。本当は『サード・アイ』のような遠距離照準補助のＣＡＤが無くても、単純に航空映像なり衛星映像なりを見るだけで、達也《たつや》は自力で照準が可能だ。このシステムは『精霊の眼《エレメンタル・サイト》』で位置情報を取得するプロセスを機械で代行するものと言える。

ではこのシステムがあれば他の魔法師にも達也《たつや》と同じ真似《まね》ができるかと言えば、それも無理だろう。普通の魔法師には、幾ら起動式の形で位置情報が提供されているからといって、何十キロも遠方の物体や領域にピンポイントで魔法を作用させることはできない。新ソ連のベゾブラゾフをはじめとする『十三使徒』に匹敵する魔法力が必要だ。例えば、深雪《みゆき》のように。

「戦術コンピューターにつながっている索敵システムの性能を上げれば、それこそ地球の裏側にも届くのだがな。ここのシステムでは、半径五十キロが精一杯だ」

誰がこのシステムをここに作ったのだろうか。達也《たつや》の発案によるものとは、深雪《みゆき》には思えなかった。達也《たつや》は魔法師を兵器システムの一部とすることに反対している。少なくとも、深雪《みゆき》を兵器のパーツとすることを達也《たつや》は良しとしないはずだ。

では真夜《まや》が、深雪《みゆき》を軍事力として利用する為《ため》に設置を命じたのだろうか……。

深雪《みゆき》はそこで、考えるのを止めた。企てたのが誰であれ、動機が何であれ、このシステムは目前に控える戦いの役に立つ。

このシステムで、深雪《みゆき》は達也の力になれる。

「――分かりました。この装置を使いこなして、必ずや達也《たつや》様のお役に立って御覧にいれます」

深雪《みゆき》は取《と》り敢《あ》えず、それだけを考えることにした。

◇　◇　◇

午前八時五十分。遂《つい》に強襲揚陸艦『グアム』が作戦行動を開始した。格納庫から艦尾のスリップ・ウェイを通って小型高速艇が次々と海面に降りてくる。戦闘車両を積んだ揚陸艇ではなく、戦闘員を携行武器と共に送り届ける搭載艇だ。

搭載艇は合計六隻。各艇、運航クルー以外に戦闘員が五十名搭乗している。合計三百名、約二個中隊の戦力だ。千名以上の上陸部隊を運べる『グアム』本来の能力から見れば随分と少ないが、非公式の作戦であることを考えると、「よくこれだけの数を揃《そろ》えられたものだ」と事情を知る者ならば感嘆を惜しまないだろう。

搭載艇は順次発進するのではなく、海面上に六隻が揃《そろ》ってから、一斉に発進した。だからといって、隊列を組んだのではない。散開して別々に巳焼島《みやきしま》の東岸を目指し突き進んでいる。隊列を組まなかったのは狭い空間に攻撃を集中させない為《ため》、同時に発進したのは各個撃破を避ける為《ため》だと思われる。

それでも、小型艇六隻だ。八平方キロの島に二個中隊は不足のない兵数だが、収容力五十人の兵員輸送艇六隻程度なら、達也《たつや》や深雪《みゆき》のように強力な魔法の遣い手でなくても遠距離攻撃魔法を使える魔法師が二、三十人もいれば沈められるだろう。いや、魔法に頼らなくても現代の対艦兵器で海防陣地を構築していれば、陸地に寄せ付けないに違いない。

仮にもＵＳＮＡの正規軍に所属する強襲揚陸艦『グアム』の艦長が、その程度のことを理解していないはずはない。搭載艇が侵攻を開始するのと同時に、『グアム』の飛行甲板から無人攻撃機が飛び立った。

全長わずか五メートル。小型トラックより少し大きい程度のサイズしかない。武装は対物ライフルサイズの十二・七ミリ弾を使用する機関砲のみ。無人攻撃機と言うより、ガンポッドドローンとでも呼ぶべきだろうか。

単発のジェットエンジンにウイングレット付きのクリップトデルタ翼、カナード。機体の形状は前世紀後半の無人実験機・ＨｉＭＡＴ《ハイマット》が最も近いかもしれない。

この無人機は、防御力に劣る航空兵力や歩兵、非装甲車両を数量と機動性で排除するという戦術思想に基づいている。機体サイズが小さいから、航空母艦に比べて格納庫が狭い揚陸艦にも十分な数を搭載できる。搭載艇一隻あたり六機の無人機がその上空で支援についた。『グアム』自体の護衛にも、八機が艦の上空を旋回している。

海岸沿いの道路から丘一つを隔てた窪地《くぼち》に陣取った新発田《しばた》勝成《かつしげ》は、これらの動きを指揮車と指令室との情報リンクでリアルタイムに把握していた。

敵の搭載艇は既に領海の奥深くまで侵入し、海岸線から肉眼でも視認可能となっている。

「まだ手を出すなよ」

それなのに勝成《かつしげ》は、迎撃の許可をまだ出していない。現時点で侵攻に備えて取った具体的な措置は接岸可能な岸壁に昨晩、上陸阻止のフェンスを設置しただけだ。不法入国に備えた国境のフェンスに匹敵する頑丈な物を一晩かからずに建設できたのは魔法という便利な技術があってこそだが、逆に言えばまだ余力があったはずなのに、機雷を海中に配置するなどの攻撃的な対策は取っていない。今のところ、日本の国内法に触れる行為を四葉家《よつばけ》は避けていた。

島の北と東の海岸部は護岸の為《ため》、消波ブロックが積み上げられている。上陸作戦に使われる軍用艇が越えられない障碍物《しょうがいぶつ》ではないが、突破には余計なコストが掛かる。島に到達した最初の搭載艇が消波ブロックの無い港湾部を目指したのは、合理的な行動と言える。

また合理的だからこそ、相手もそれに備えていると警戒するのが自然だ。

実際には、岸壁沿いに設置されているのは頑丈なだけのフェンスに過ぎない。地雷や銃座が隠されていたり、致死レベルの高圧電流が流れていたりという攻撃的な機能は無い。

だが過剰な警戒感に囚《とら》われた敵は岸壁を目前にした位置で、フェンスに向かってグレネードランチャーを使用した。それも一発ではなく、十発前後の一斉射撃だ。

フェンスは大きく破損した。

それに留まらず、被害は岸壁間際《まぎわ》に建っている倉庫にまで及んだ。

私有財産に対する、明確な破壊行為の発生だ。

「――反撃を開始せよ」

被害を確認して、勝成《かつしげ》は冷静沈着な声で配下に戦闘許可を与えた。

◇　◇　◇

強襲揚陸艦グアムを発進した兵士は、パラサイトばかりではなかった。

エドワード・クラークは国防長官との密談で「今回の暗殺作戦にUSNA国籍を持つ人間を使わない」と約束した。その時のクラークはパラサイトから暗殺部隊を調達するつもりだったのだが、実際に兵士を集める段になって、パラサイトの総数は彼が思っていたよりずっと少なかったと判明した。

そこでクラークは帰化を希望する外国籍の兵士に対し作戦成功後の市民権取得を餌にして、約二百人の兵力を調達していた。その中には、低レベルながら魔法師もいる。

九十人前後が、延命の為《ため》に自らパラサイトになったスターダストの隊員たち。残りの九人がスターズのメンバーで、そこにはパラサイト化した恒星級隊員の生き残り、第六隊のリゲル大尉、ベラトリックス少尉、アルニラム少尉も含まれている。

巳焼島《みやきしま》に一番乗りした搭載艇の上陸部隊指揮官は、アレハンドロ・ミマスという名前の二等軍曹だった。旧メキシコ領出身のスターズ衛星級隊員で、二〇九六年の冬に日本へ派遣されて達也《たつや》と交戦し重傷を負わされた経緯がある。ミマス軍曹がパラサイト化したのは、達也《たつや》に対する報復を望んだからだ。

そんなミマスにとって今回の暗殺作戦は、待ちに待ったものだった。彼はこのミッションに参加した士卒の中で、最も積極的なメンバーの一人だろう。彼が乗る搭載艇が一番乗りとなったのは、運航クルーがミマスのプレッシャーを受けて無茶な操艇《そうてい》をしたからだった。

上陸を阻《はば》むフェンスにグレネードの使用を命じたのもミマスだ。彼は元々、短気なところがある人間だったが、パラサイトになったことでその傾向が顕著になった。

パラサイト化の影響といえば、人間だった頃のミマスは振動系加熱魔法を得意とする魔法師だった。有視界内の物体を自由に加熱する、パイロキネシスに似た魔法だ。ただそれしか使えないというわけではなかった。スターズに伝わる奥の手、『分子ディバイダー』も使いこなしていた。

だがパラサイトとの同化により、能力が変質した。多くのパラサイトに見られるように、魔法技能が少数の魔法に特化している。ミマスの場合は加熱魔法の中でも『生体発火』と呼ばれる魔法に技能が偏っていた。

　この『生体発火』は文字どおり、生物の身体《からだ》を発火させるもので、どういうわけか生物の死骸や生物を加工した素材には効果が無い。例えば生木は燃やせるが、炭に火を付けることはできない。魔法という技術の不思議なところだ。

　その代わり対人戦には無類の強さを発揮する。効果が限定されている所為《せい》か、小さな事象干渉力で魔法を発動できるのだ。『生体発火』ならば、通常は事象干渉力の不足で魔法が通らない格上の魔法師を葬《ほうむ》ることも可能となる。

　この局面では、フェンスという人工物に対して『生体発火』は何の効力も持たない。彼が率いる上陸部隊の中には遠隔攻撃能力を持つ魔法師もいた。だがミマスは自分の魔法で破壊できないからと、短絡的に通常兵器での破壊を命令したのだった。

「上陸開始！」

　搭載艇が接岸するや否《いな》や、ミマスはそう叫んだ。復讐《ふくしゅう》に逸《はや》っているのか、彼は前しか見えていない状態だ。上陸前に行うべき、索敵も命じていない。

　搭載艇から兵士が次々と岸壁に上がる。いや、甲板の方が高い位置にあるから「降りる」と言うべきだろうか。実際に多くの兵士が船縁《ふなべり》から舗装された係船岸に飛び降りている。ミマスの姿勢が伝染したのか、彼らに周囲を警戒している様子は無い。

　そんな上陸部隊に突如、矢の嵐が襲い掛かった。

降ってきた、のではない。

長さ五十センチ程の短い矢が横殴りの雨となって浴びせ掛けられたのである。

およそ三十本ずつの矢が倉庫の陰から短い間隔で、続けざまに飛来する。上陸部隊に含まれていた魔法師が素早く反応して対物シールドを張ったが、約三分の一の隊員が矢に当たって負傷した。

致命傷を負った者はいなかったが、部隊の一割以上、六人が足や腹を貫かれ行動不能に陥ってしまった。

「グレネードであの角を狙え！　治癒魔法が使える者は負傷者の手当。それから戦闘継続が困難な負傷者を船へ戻せ！」

ミマスの命令により、上陸部隊員が一斉に動き出す。十八人の非魔法師がアサルトライフルにグレネードをセットし、前に出て膝射の体勢を取った。その後方では軽傷を負った十人の間を二人の魔法師が治療に駆け回り、重傷の六人を三人の魔法師が魔法を使って搭載艇に運び込んでいる。なお、この五人の魔法師にパラサイトは含まれていない。

片膝を突いた射手の横には二人の下士官が立っていた。その内一人が「撃て！」という号令と共に片手を振り下ろす。間髪を入れず、九発のグレネードが同時に発射された。

撃ち終わった九人の兵士が合図をした下士官と共に後ろへ下がり、もう一人の下士官が片手を上げる。その体勢で粉塵《ふんじん》が立ちこめる着弾点に目を凝らしていた下士官は、その体勢のまま

「軍曹殿！」と叫んだ。

「敵射手の姿、ありません！」

ミマスが双眼鏡を目に当てる。グレネードで崩れた壁の向こう側に人影は無い。横たわる死体も見当たらない。

「射撃中止」

ミマスがそう命じた直後。壁があった所を迂回《うかい》して、再び矢の群れが襲来する。

ミマスは射手の姿が見当たらなかったからくりを理解した。魔法による軌道屈曲だ。矢の軌道に魔法で干渉して、倉庫を回り込ませていたのである。

「シールド！」

ミマスの反応にタイムラグは無かったが、完全に間に合ったとも言えない。今回浴びた斉射により、グレネードを構えていた兵士とその分隊長を含め二十人以上が負傷、その内十一人が戦線離脱を余儀なくされた。

第一弾の重傷者を含め、これで撤退は十七名。この上陸部隊の、三分の一を越えてしまっている。通常であれば全面撤退を視野に入れるべき損耗率だ。

彼らの惨状を『グアム』の方でも看過できなかったのだろう。おそらく、空から伏兵を掃討する算段だ。ミマスの頭上を上陸まで搭載艇の護衛に当たっていた無人機が通り過ぎる。

だが陸地上空に侵入した六機の無人機の内、半数の三機が次々と火を噴いて撃墜された。

無人機を迎撃するミサイルは見えなかった。

機関砲の音も聞こえなかった。

「フォノンメーザー、か……？」

ミマスの口から半信半疑の呟《つぶや》きが漏れる。フォノンメーザー自体は、そこまで珍しい魔法ではない。発動には高い事象干渉力が求められる。だが事象改変の内容は比較的単純だ。音波の振動数を極限まで引き上げるだけと言って良い。

しかし実戦力としての運用は、まさにその「極限まで」の部分がネックになる。

高機動の無人航空機を撃ち落とす為《ため》には一瞬の照射で十分な熱量を発生させる必要がある。固定目標に対する攻撃とはわけが違うのだ。それだけの威力を得る為《ため》には「超振動」という表現が大袈裟《おおげさ》ではない振動数が必要であり、要求される事象干渉力もそれに見合ったものとなる。

(司波《しば》達也《たつや》がフォノンメーザーを使えるという情報は報告されていない)

(司波《しば》深雪《みゆき》が得意とするのは広域冷却魔法のはずだ)

(あの二人以外にも、これ程高威力の魔法を使える戦闘魔法師がいたとは……)

(四葉《よつば》……やはり、危険すぎる！)

ミマスの心の中に、達也《たつや》に対する復讐心《ふくしゆうしん》とは別に、焦慮の念が湧き上がった。

三機の無人機が引き上げていく。このまま掃討を続けようとしても——まだ敵を発見すらできていないが——撃墜されるだけだと、無人機をコントロールしているオペレーターが判断したのだろう。

その間にも、矢の斉射攻撃は続いている。

(私／我々だけで行くぞ)

アレハンドロ・ミマスが念話で同じ部隊のパラサイトに呼び掛けた。

(アレハンドロの／我々の決定に賛同する)

(賛同する)

(賛同する)

(賛同する)

(私／私たちだけで行こう)

(行こう)

(行こう)

(行こう)

八体のパラサイトがミマスの念話に応えた。

「軍曹殿!?」

いきなり前進を始めたミマスに、彼を補佐するパラサイトではない魔法師の三等軍曹が、訝《いぶか》しさを込めて大声で呼び掛ける。

「コロンボ軍曹、君に指揮権を委譲する。残った兵と共に帰還せよ」

ミマスは足を止めずに三等軍曹へ応えを返し、スターダスト所属のパラサイト八体と共に矢の嵐へ突っ込んだ。

◇　◇　◇

海岸線から約五十メートル離れた位置に建つ食糧倉庫。その屋根から無人航空機を三機撃ち落とした堤《つつみ》奏太《かなた》は、岸壁の方から異質な魔法の気配が近付いてくるのを察知した。

「こいつは……。これがパラサイトの気配か？」

奏太《かなた》には戦闘中に得た情報を消化する為《ため》、声に出して考える癖がある。今もそれが独り言となって彼の口から漏れ出ていた。

「慣性操作で貫通力を高めた矢を対物シールドで防ぐとはな。単純な魔法力は新発田《しばた》の一軍並みか」

新発田《しばた》家は四葉《よつば》一族の中でも私設軍隊の性格が強い分家だ。暗殺や破壊工作よりも正面突破や拠点防衛を得意としている。

新発田《しばたけ》家が抱える戦闘魔法師集団は（精神干渉系魔法を使わないという意味での）物質的な戦闘力ならば分家随一、本家直属の傭兵《ようへい》部隊をも凌駕《りょうが》するかもしれない。

パラサイトはその新発田《しばた》家の中核を構成する魔法師に匹敵するパワーがある。奏太《かなた》は魔法同士のぶつかり合いから、そう評価した。

「こりゃあ、手を貸した方が良さそうだ」

守備隊とパラサイトはまだ接触していない。だが近接白兵戦の間合いまで距離が詰まれば、守備隊は苦戦を免《まぬが》れられそうもなかった。

彼らの姿は、どちらも奏太《かなた》からは死角になっていて見えない。だが音に干渉する振動系魔法に高い適性を与えられた調整体魔法師『楽師シリーズ』の第二世代である奏太《かなた》にとって、非可聴高周波音を放ってその反射から物体の位置、形状、動きを割り出す程度の真似《まね》は簡単だ。

その情報を元に、魔法で狙い撃つことも。

奏太《かなた》はパラサイトの先頭ではなく最後尾を狙って非致死性魔法『音響砲』を撃ち込んだ。殺傷力の高いフォノンメーザーではなく非致死性の魔法を選択した理由は三つ。

一つ目は、ピンポイントの狙撃であるフォノンメーザーは魔法の発動を察知されて回避される可能性を無視できないこと。音響砲も指向性の攻撃だが、こちらは作用範囲にある程度の広がりがある。

二つ目は、パラサイトの肉体的な耐久力を測ること。音響砲は人体の機能を一時的に狂わせる魔法だ。パラサイトの身体構造、肉体強度が人間とかけ離れていなければ、音響砲はいつもどおりの効果を発揮する。対人攻撃がパラサイトに効くか、効かないかは、今後の戦闘に役立つ情報になるだろう。

そして三つ目は、パラサイトの進軍をペースダウンさせること。殺してしまえば、仲間の死体を捨てて先へ行くだけだ。前進のペースはかえって速まるかもしれない。だが麻痺《まひ》攻撃ならば、戦友をかばって足を止めることが期待できる。

奏太《かなた》は音響砲の効果を確かめる為《ため》に、続けて『アクティブソナー』の魔法を放った。

◇◇◇

ミマスは突如、頭上に魔法の気配を感知した。頭上と言っても、彼の真上ではない。二列縦隊の最後尾辺りだ。

同じパラサイトといっても、そのスペックは同化した人間のレベルに左右される。スターズ隊員が生来持つ素質のレベルは、衛星級であってもスターダストを明確に上回る。スターダストの戦闘力は生化学的強化によって無理矢理引き上げられたもので、そうしたブースト部分はパラサイトの能力に反映されない。この様な理由で、魔法発動の兆候を捉えたのはアレハンドロ・ミマスだけだった。

パラサイトは意識を共有しているから、その情報は他の八体にも瞬時に伝えられた。だが発動地点に関する情報は、あくまでもミマスの肉体から見た相対的なものだ。

意識は一つでも身体《からだ》は別々。

それが、感知した発動兆候の情報に従って魔法を回避しようとした場合、かえって混乱を招く結果をもたらした。

隊列最後尾の二人に頭上から爆音が襲い掛かる。

一人には音の塊が掠《かす》めただけ。だがもう一人には、『音響砲』が直撃した。

聴覚だけでなく全身が音に蹂躙《じゅうりん》され、精神と肉体のつながりが何ヶ所か部分的に遮断される。

その影響は、意識を共有しているパラサイト全体に及んだ。

特に今、行動を共にしているミマスを含めた八体が受けた影響は大きかった。

直撃を受けた個体は、一時的に身体《からだ》の一部が動かなくなっただけだ。

しかし他の八体は、肉体に欠損が生じたような、不快な錯覚に見舞われた。

本体が精神生命体であるパラサイトは人間と同化することで肉体を手に入れ、この世界で安定した存在となる。この世界を精神体だけで漂っているのは、不安定な状態なのだ。ピクシーやパラサイドールのような機械の器に閉じ込められた状態にパラサイトが甘んじるのも、精神体単独でいるよりその方が安定するからだった。

精神体にとって、「不安定」は即《すなわ》ち「不安」。肉体はパラサイトにとって安定をもたらすものであり、身体《からだ》の一部欠損は器の喪失＝「不安定」を連想させる「不安」の種だ。

奏太《かなた》にとっては想定外だろうが、『音響砲』はパラサイトの激しい怒りと憎悪《ぞうお》をかき立てた。

(私が／個体名アレハンドロ・ミマスが、この敵を排除する)

魔法の発生源を探知したミマスが、奏太《かなた》を殺しに行くと決意を伝え、

(私が／我々が移動を補助しよう)

他のパラサイトが、『生体発火』に特化した為《ため》に魔法を利用した機動力が低下しているミマスに、移動のサポートを申し出た。

(では移動する)

(では移動させる)

主体と客体が入り交じった思念が飛び交い、ミマスの身体《からだ》が路上から消えた。

◇　◇　◇

「なにっ⁉」

(見付かった⁉)

自分のいる食料倉庫に向かって一直線に飛び跳ねてくる一際《ひときわ》強い気配に、奏太《かなた》は声と思念で叫んだ。

彼我の距離は、およそ二百五十メートル程あった。魔法師にとっては無いも同然、というのは言い過ぎだが、お互いの存在を知覚するのが困難になる間合いでもない。だが奏太《かなた》は奇襲を

掛ける際の当然の心得として、魔法の発動地点、つまり自分の居る場所を感知されないよう気配——余剰想子《サイオン》などの心的エネルギーの漏出——を念入りに抑えていた。

それなのにこのパラサイトは、間違いなく奏太《かなた》に向かってきている。その意味するところは、この個体の魔法的知覚力が彼の隠蔽技術を上回っているということだ。

相手を侮《あなど》っているつもりはなかったが、「認識が甘かった」と奏太《かなた》は認めざるを得なかった。

同時に、逃げるのではなく迎え撃つ意志を固めた。この敵を野放しにしたら、味方にどれだけ損害が出るか分からない。少なくともこの地区を受け持っている魔法師の中で、最も戦闘力が高いのは奏太《かなた》だ。自分がやらなければ、という使命感が彼をこの場に留まらせた。

奏太《かなた》が迎撃を選択するまでに掛けた時間は五秒足らず。彼が心を決めた時には、相手の気配は間近まで迫っていた。

（——今だ！）

パラサイトが奏太《かなた》の居る屋根に姿を見せる。

同時に奏太《かなた》は、『フォノンメーザー』を放っていた。

二度の跳躍で、ミマスは奇襲攻撃を仕掛けた敵の許《もと》にたどり着いた。

その瞬間、彼は攻撃魔法の発動を感知して急所の前に両腕を掲げた。

心臓をかばった左腕に高熱が生じる。

ミマスは左腕の感覚をカットした。

攻撃が心臓を狙った『フォノンメーザー』だったと認識したのは、左腕が肘まで焼け焦げた後だ。

腕を貫通されなかったのは、能力特化の影響で他のスキルが低下しているとはいえスターズ正規隊員の魔法力で展開した真空シールド——魔法攻撃で最もポピュラーな、圧縮空気弾などの空気を媒体とした攻撃を防ぐ為《ため》の防御魔法——の効果と、それ以上に米軍特殊部隊専用の前腕部プロテクターの耐熱性能の御蔭《おかげ》だった。

それでも肘までの広範囲にⅢ度の火傷《やけど》を負う重傷だ。普通なら激痛で、身動きも取れなくなるところ。

だがパラサイトには本体である精神体に余計なダメージが行かないよう、肉体的な感覚を遮断する能力が備わっている。遮断が間に合わず行動不能になってしまうことはあっても、継続的な痛みで戦えなくなるということはない。

ミマスはまず敵の第二射を阻《はば》むべく、拳銃形態のＣＡＤを彼に向けている奏太《かなた》の右腕に照準を定めて『生体発火』を放った。

「グァアアアッ！」

奏太《かなた》の口から苦鳴が漏れる。彼は右腕を前に突き出した姿勢で両膝を突いた。

奏太《かなた》は無警戒でいたわけではない。左腕を盾にして『フォノンメーザー』を受け止めたパラサイトが、反撃の魔法を放とうとしている気配は彼も捉えていた。

だがパラサイトは、そこからが速かった。奏太《かなた》は既に、二射目の『フォノンメーザー』を放つ為《ため》の起動式の読み込み段階に入っていた。それにも拘《かか》わらず、魔法が完成したのはパラサイトが先だった。

熱い、とは感じなかった。奏太《かなた》を襲ったのは激痛、ただ「痛い」という感覚が、彼の心を占めていた。

腕が炎に包まれたのは一瞬のこと。

その短い時間で、彼の右腕は上腕部の半ばまでが黒く炭化していた。

既に右腕の感覚は無い。今は肩の付け根が激しい痛みを伝えていた。

右手に握っていたＣＡＤが倉庫の陸屋根《ろくやね》に音を立てて落下する。炭化した右手の指と共に。

一拍遅れて、肘から先がもげて落ちる。落下の衝撃で黒焦げになった皮膚と筋肉組織が飛び散り、その下から白骨がのぞいた。

「――クソがぁ！」

右腕の喪失を目の当《ま》たり《あ》にしたことで、痛みを上回る闘志が湧き上がったのか。

意味のない叫びは己を鼓舞し敵を呪う罵倒に変わり、奏太《かなた》はガクガクと膝を震わせながら腰を浮かせた。

その目に宿るのは、闘志と殺意。そして、魔法を使おうとする明確な意志。

しかし、痛みに侵《おか》されCADも使えない今の状態では、パラサイト相手に先手を取ることは尚更《なおさら》できない。

奏太《かなた》が魔法式を完成させるより早く、パラサイト——ミマスの魔法が発動した。

右腕を燃やされても、四葉《よつば》の魔法師は戦意を喪失しなかった。

それどころか片腕を失った状態で、反撃の魔法を放とうとしている。

その姿には、パラサイトとなったミマスも感心せずにはいられない。

だからこそ、ここで見逃すという選択肢は無い。タフな敵を放置すれば、味方に損害をもたらす。

ミマスは『生体発火』の魔法式を、今の自分が発揮できる最大出力で構築した。

重傷を負っている敵——奏太《かなた》を殺すのにこの威力は必要無い。これは苦しまないで済むように一瞬で殺してやろうという、敬意を払うべき敵に対するミマスの配慮だった。

パラサイト化した魔法師はCADが不要になり魔法の発動速度が向上する。

必要以上の威力を込めた魔法だが、ミマスの『生体発火』は奏太《かなた》が構築しようとしていた魔法よりも先に完成した。

ミマスが『生体発火』を放った。

奏太《かなた》の全身は瞬《また》く間《ま》に燃え落ちる——はずだった。

「なにっ？」

だが何も起きない。確かに魔法が発動した手応えがあったのに、それが人体発火現象となって現実化する直前でキャンセルされた。

魔法がかき消されたのだ。

何者かの手によって。

ミマスは慌てて振り返った。

何かの気配を感じたというわけではない。それは完全に、直感のみに突き動かされた行動だった。

背後には、要所を装甲で守った戦闘スーツ姿の人影が立っていた。

顔はヘルメットに隠れて分からない。シルエットから見て、性別はおそらく男。

何も持たぬ右手をミマスに向けて真《ま》っ直《す》ぐに差し伸べている。

（この男——！）

何者なのかは知れないが、この男が自分の魔法をかき消したのだと、ミマスは直感的に理解した。

ミマスはヘルメットの男に『生体発火』の照準を合わせる。

この瞬間彼は、奏太《かなた》のことを忘れていた。

身体《からだ》ごと完全に振り返ったミマスの、目と耳と鼻と口からいきなり血が噴き出した。

ミマスの身体《からだ》が前のめりに倒れる。

その後頭部には、焼け焦げた穴が空いていた。

敵の死を見届けて安心したかのように、奏太《かなた》もまた、俯《うつぶ》せに倒れた。

ミマスを斃《たお》したのは、奏太《かなた》が最後の力を振り絞って放った『フォノンメーザー』だ。

結果としては未発に終わったミマスの『生体発火』を浴びている最中にも、奏太《かなた》は『フォノンメーザー』の魔法式構築を止めていなかったのである。

奏太《かなた》が視線で放った『フォノンメーザー』は、見事にミマスの後頭部を貫いて、その脳を焼いた。パラサイトの顔の穴から噴き出した血は、脳漿《のうしょう》の沸騰で頭蓋骨内から押し出されたものだ。

脳を破壊されれば、パラサイトも肉体的な死を迎える。

だがそれだけでは、パラサイトの本体は滅びない。死体から抜け出すだけだ。

精神体に戻ったパラサイトは、骸《むくろ》となった肉体に替わる宿主を求めて生きている人間に取《と》り憑《つ》こうとする。数秒前まで『ミマス』だったパラサイトの下には、意識を無くした人体が倒れている。

パラサイトは存在の安定を求める本能に従って、取《と》り敢《あ》えず奏太《かなた》の肉体に逃げ込もうとした。

だが奏太《かなた》の肉体に移動しようとしたパラサイトは突如、本体の核である霊子《プシオン》情報体をこの世界で支えている想子《サイオン》情報体の骨格を失った。

存在の基盤である想子《サイオン》情報体を、粉々に分解された。

この世界に依《よ》って立《た》つ足場を破壊された精神生命体が、不可視の渦に呑《の》み込《こ》まれるようにして消《き》え失《う》せる。

スターズ衛星級魔法師アレハンドロ・ミマス軍曹に宿っていたパラサイトは、我々の宇宙から消滅した。

（パラサイトの消失を確認）

『アストラル・ディスパージョン』でパラサイトを殺害した達也《たつや》は、左手で腰から拳銃形態のCAD、愛機シルバー・ホーン・カスタム『トライデント』を抜いて俯《うつぶ》せに倒れたままの奏太《かなた》へ向けた。

『再成』の発動。

ヘルメットの下で、達也《たつや》が微《かす》かに眉《まゆ》を顰《ひそ》める。奏太《かなた》が右腕を燃やされた際の痛みを百倍以上に濃縮した痛覚の追体験は、さすがに無視できないものだったのだ。

しかしその痛みに対して、達也《たつや》が見せた反応それだけだ。

焼け落ちた奏太《かなた》の右腕を復元した達也《たつや》は、ヘルメット側面のパネルを操作して移動基地に通信をつないだ。

「勝成《かつしげ》さん」

『達也《たつや》君、どうした』

「堤奏太《つつみかなた》が食糧倉庫の屋根の上に倒れています。救護班の手配を」

通信機が微《かす》かに、だが確かに息を呑《の》む音を伝える。

『——怪我《けが》の状態は？』

「負傷はありません。意識を失っているだけです」

『そうか。感謝する』

勝成《かつしげ》は説明されなくても、気絶する程の重傷を負った奏太《かなた》を達也《たつや》が魔法で治してくれたのだと理解した。

「俺は引き続きパラサイトを掃討します」

『了解した』

現時点における達也《たつや》の役目は、パラサイトの本体を逃がさないこと。ミマスの例でも分かるように、単に殺しただけでは本当の意味でパラサイトを仕留めたことにはならない。死体を抜け出して、次の宿主に移動するだけだ。

同化には「強く純度の高い欲求を持つ人間」という条件があり宿主となった者が常にパラサイト化するわけではない。だが同化に失敗しても、パラサイトの本体は宿主を渡り歩くだけでこの世界から消えて無くなりはしない。

その点『雲散霧消《ミスト・ディスパージョン》』と『アストラル・ディスパージョン』を持つ達也《たつや》ならば、パラサイトの肉体と本体をどちらも滅ぼすことができる。

達也《たつや》は次の獲物《パラサイト》を求めて、食糧倉庫の屋根の上から飛び立った。

◇◇◇

七体のパラサイトが、クロスボウで武装した守備隊に襲い掛かる。

守備隊はクロスボウを投げ捨て矢を直接魔法で放つなどして反撃するが、状況は劣勢だ。一人、また一人とパラサイトの猛攻に倒れていく。

「ああっ、また！」

その光景をシェルターの大型ディスプレイで見せられていたエリカが、嘆きの声を上げた。

「クッ……援軍はまだかよっ！」

その隣でレオが歯ぎしりを漏らし、口惜《くや》しげに吐き捨てる。

「僕たちが相手にしたパラサイトとはレベルが違う……」

二人に比べて幹比古《みきひこ》はまだ落ち着きを保っているが、それでも驚愕《きょうがく》を隠し切れていなかった。

「もう我慢できない！　水波《みなみ》、ドアを開けて！」

エリカが勢い良く立ち上がり、水波《みなみ》に向かって怒鳴る。

大声を浴びせられた水波《みなみ》は、動揺を見せなかった。

「どちらに向かわれるのですか？」

「助太刀よ！　決まっているでしょう！」

エリカの答えに、

「どちらに向かわれるのですか？」

水波《みなみ》はもう一度、全く同じ質問を繰り返した。

「なっ……」

「島内では現在、九箇所で戦闘が発生しています。内三箇所で味方は劣勢です。しかし既に、各所へ向けて増援が出発しました。間も無く戦況は逆転すると思われます」

そしてエリカが絶句している間に、すらすらと情勢を説明する。

「じゃあ、あれはどうするのよ。放っておくの」

気勢を殺《そ》がれたエリカが、不貞腐《ふてくさ》れ気味の口調で言い返した。

「いえ、間も無く」

やはり水波《みなみ》の態度は、小揺るぎもしない。

彼女の目はエリカではなく、脇のコンソールに向けられている。そこに表示されているデータが水波《みなみ》に自信を与えているのだろう。

「何が⁉」

「いらっしゃいました」

水波《みなみ》の視線がコンソールの小型モニターから壁の大型ディスプレイに移動する。

つられてエリカが目を動かした。

それと、ほぼ同時。

フレームの中に、暗色の戦闘スーツを纏《まと》った人影が舞い降りる。

「達也《たつや》くん⁉」

その戦闘スーツは、先程達也《たつや》が身に着けていた物。ヘルメットで顔が隠れていても、エリカたちにはそれが誰だかすぐに分かった。

達也《たつや》が何も持っていない右手をパラサイトに向かって一振りする。

それだけで七体いたパラサイトの半数以上、四体が消えた。

ディスプレイに向けられた三人の目が大きく見開かれる。

「何だ、ありゃあ……」

呆然《ぼうぜん》と、レオが呟《つぶや》く。

「達也《たつや》様のスーツには、完全思考操作型のＣＡＤが内蔵されています」

すかさず水波《みなみ》が、解説を加える。

しかしそれは、彼の疑問を解消できるものではなかった。

いや、そもそもレオのセリフは、質問ではなかった。

「これは魔法？　これが達也《たつや》の魔法なのかい……？」

幹比古《みきひこ》の呟《つぶや》きも質問ではなかったが、水波《みなみ》は律儀《りちぎ》に「申し訳ございません」と応えた。

「その件に関しては、お答えする権限を与えられておりません」

水波《みなみ》の答えに、幹比古《みきひこ》だけでなくエリカも不満を唱えなかった。

三人は何度か達也《たつや》と戦場を共にしている。だが達也《たつや》の戦う姿を詳しく見るのは、これが初めてだ。

——彼が『雲散霧消《ミスト・ディスパージョン》』で「人」を消し去る光景を目にするのは。

画面の中で、達也《たつや》がもう一度手を振る。

それだけで、三十人以上の守備隊を圧倒していたパラサイトが、一体残らず消え失《き》せ《う》た。

直後、映像が別の場所に切り替わる。

そのことに対する不満の声も上がらなかった。

「あれが……あんなものが魔法だっていうの……？」

ただ慄然としたエリカの呟《つぶや》きが全員の耳を通り過ぎて、消えた。

◇　◇　◇

達也《たつや》は七体のパラサイト、その本体に目を向けた。

相変わらず霊子《プシオン》情報体の構造は「視《み》」えない。

だがそこに何かがあるということくらいは分かるし、パラサイトをこの世界に留《とど》めている想《サイ》子《オン》情報体の視認──「視《み》」て、認識する──には、達也《たつや》は既に慣れていた。

彼はスーツ内蔵のＣＡＤから、『アストラル・ディスパージョン』の起動式を呼び出し、読み込んだ。

今ではこの魔法も、『雲散霧消《ミスト・ディスパージョン》』と同じくらいスムーズに構築可能となっている。

達也《たつや》は右腕を真《ま》っ直《す》ぐ頭上に掲げた。拳銃形態のＣＡＤを使わないのは、パラサイトが物質次元に存在せず、物質的な存在と紐《ひも》付けもされていないからだ。この様な場合、特化型ＣＡＤの照準補助機能はかえって邪魔になると、達也《たつや》は経験から学んでいた。

七体の精神生命体全てに照準を合わせ、右腕を伸ばしたまま、水平位置まで振り下ろす。

(霊子《プシオン》情報体支持構造分解魔法、アストラル・ディスパージョン──発動)

『アストラル・ディスパージョン』が発動した。

パラサイトの本体が、不可視の渦に呑《の》み込《こ》まれる。この渦はおそらく、パラサイトが元々存在していた世界に通じる次元の通路だ。パラサイトをこの世界に留《とど》めるアンカーの役目を果たしていた想子《サイオン》情報体が破壊されたことで、パラサイトの本体が本来あるべき世界に引きずり込まれているのだ。

七体のパラサイトが消失する。

我々の宇宙を構成する、物質次元と情報次元からの消滅。

達也《たつや》の魔法によって、パラサイトは滅びた。


エリカたちがいるシェルターの映像が切り替わったのは、この魔法、『アストラル・ディスパージョン』を見られたくないからだった。

特に、幹比古《みきひこ》には見せるべきではない。それが真夜《まや》と本家技術者の一致した意見だ。『アストラル・ディスパージョン』は、本家でもまだ解析し切れていない、間接的にではあるが精神に干渉する魔法だ。古式魔法師がこの魔法を知れば、四葉家《よつばけ》を脅《おびや》かし得る術式のバリエーションが編み出される可能性があると、彼女たちは考えたのである。

パラサイトの肉体を滅ぼした段階で映像を切り替えるよう、水波《みなみ》は厳命されていたし中継システムもその様にプログラムされていた。

◇　◇　◇

巳焼島《みやきしま》に押し寄せたアメリカ軍の中で最も強かった敵は、スターズ第六隊隊長、オルランド・リゲル大尉が率いた搭載艇だろう。

奇襲作戦の部隊編成にあたり、米軍は戦力を均等に分けなかった。リゲルの部隊には同じスターズ第六隊のイアン・ベラトリックス少尉とサミュエル・アルニラム少尉も含まれている。元々この三人がトリオでの戦闘を得意としている点が考慮されたのだろうが、三人しか参加していないスターズ恒星級隊員を一つに纏《まと》めたのだ。必然的に、他の部隊と比べ戦力が突出していた。

にも拘《かか》わらず、リゲル大尉が指揮する上陸部隊は海岸沿いの道路から先に進めずにいる。リゲル、ベラトリックス、アルニラムの前には、新発田勝成《しばたかつしげ》が立ちはだかっていた。

◇　◇　◇

「——強い」

切り替わった映像を見ながら、幹比古《みきひこ》が感嘆を漏らす。

「こいつもただ者《もん》じゃねえな……」

レオが唸《うな》る傍《かたわ》らで、エリカは無言のままディスプレイを見詰めている。

今、カメラが中継しているのは、移動基地を出た勝成《かつしげ》が率いる守備隊の戦闘模様だった。

「……桜井《さくらい》。この人、誰？　四葉家《よつばけ》ってのは、こんな強者《つわもの》がゴロゴロしているのか？」

「新発田勝成《しばたかつしげ》様は、四葉《よつば》分家の次期ご当主様です。その御力は一族でも十指に入るとうかがっております」

「うへぇ！　四葉《よつば》のトップテンか。でも納得だ。少し安心したぜ」

水波《みなみ》の答えに、レオは言葉どおりホッとした声を漏らす。

「何お気楽なこと言ってるの。十本の指に入るってことは、四葉家《よつばけ》にはこの人以外に同レベルの実力者が少なくとも九人、いるんでしょ。少しも安心できないわよ」

だが、弛緩《しかん》した空気は沈黙を破ったエリカの言葉ですぐに霧散した。レオが反論しなかったのは、エリカの指摘がもっともだと考え直したからだろう。

「……しかし、分かんねえなぁ。あれだけの力があれば、水際《みずぎわ》で撃退できたんじゃないか？」

あるいは、思考の焦点が別のポイントに移ったからか。

「多分、わざとよ」

レオのセリフに応えたのは、今回も水波《みなみ》ではなくエリカだった。

「僕もそう思う」

エリカの推測に、幹比古《みきひこ》が相槌《あいづち》を打つ。

「なんでだ？」

「アリバイ作り」

「はぁ？」

エリカの答えに、レオは訝《いぶか》しげな声を上げた。

「僕たちを証人にしているんだよ。不法に侵入されたから、反撃してるって証人にね」

幹比古《みきひこ》が振り向いてレオに説明する。彼の目には、切羽詰まったと表現できる程の真剣な光が宿っている。

「証人になるって言ったのはあたしたちだもんね。口惜《くや》しいけど、文句も言えないや」

アハハ、とエリカが乾いた笑いを漏らす。彼女は映像から一瞬も目を離そうとしない。レオの方にも幹比古《みきひこ》の方にも、決して振り向こうとしなかった。

◇　◇　◇

予想を超えた激しい抵抗に、リゲルは焦《あせ》りを抑えられなかった。

彼はパラサイトだ。リゲルの動揺は、同じくパラサイトのベラトリックスにも、アルニラムにも、他のパラサイトにも伝わってしまう。

指揮官が部下に動揺を見せるのは厳禁だ。そうと分かっていても、リゲルの焦燥は高まっていくばかりだった。

彼は搭載艇の針路上最も近かった巳焼島《みやきしま》東の港湾地域ではなく、北岸の道路を上陸地点に選んだ。今回標的が島の東側に建設中のプラントではなく、西岸にいると推測される魔法師の暗殺だからだ。

東岸の港に上陸すれば、建設済み、あるいは建設中である多くの建物の間を通っていかなければならない。迎撃部隊を潜ませる遮蔽物も多い。

だからといって西岸に直接上陸するのも得策ではない。西岸の建物群は、以前魔法師用の監獄に使われていた堅固な物だと分かっている。脱走対策の火器も充実しているだろう。

対して、北岸の道路は西の旧監獄施設と東の恒星炉プラントを結ぶ見晴らしの良い車道。ここを通っていけば伏兵を心配する必要が無いし、海に向いた火砲を警戒する必要も無い。ターゲットが迎撃の為《ため》に自分から姿を見せる可能性も低くない。

そう判断して、リゲルは上陸地点を北岸、東寄りの地点に定めた。消波ブロックを乗り越えるのには一苦労したが、そこを越えてからは迎撃の砲火も迎え撃つ魔法も無く、搭載艇は無事岸に着いた。

上陸までは順調すぎる程、順調だったのだ。今にして思えば、そこで「簡単すぎる」と疑うべきだったのだろう。

搭載艇に運航クルーを残し、上陸部隊全員が堤防を乗り越えて道路に立った瞬間、礫《つぶて》混じりの爆風が彼らを襲った。

上陸部隊に向けて放たれたのは、攻撃手段として最もポピュラーな魔法、圧縮空気弾。圧縮空気の塊に砕いた溶岩を混ぜて、着弾と同時に圧縮状態を解放し、爆風で礫《つぶて》を飛ばしたのだと思われる。

空気塊と一緒に釘《くぎ》や鉄片を飛ばして魔法の攻撃力を上げるのは、戦場で普通に使われているテクニックだ。この島はほとんどが冷えた溶岩でできている。礫《つぶて》の材料は幾らでも調達できる。溶岩を灼熱《しゃくねつ》にして飛ばさなかった分だけ、むしろ人道的と言えるだろう。

しかしこの攻撃で、上陸部隊の半数が戦闘力を失った。残っているのは魔法の気配を鋭敏に捉えてシールドを張った魔法師と、礫《つぶて》に打たれた程度の怪我《けが》ならば無視できるパラサイトだけだ。魔法師でない兵士は全滅だった。死者は少ないが、負傷者は冷えた溶岩の礫《つぶて》が身体《からだ》の至る所に食い込んで、血塗《ちまみ》れで倒れ、呻《うめ》いている。

リゲルもやられてばかりではなかった。前述のとおり、この場所は見晴らしが良《い》い。上陸時点では丘の向こうに掘った穴に隠れていて見えなかった敵の姿も、追撃の為《ため》に塹壕《ざんごう》から出てきた今ならば見えている。

リゲルは部隊に反撃を命じ、自らも敵に魔法を放った。

だが彼の魔法は、迎撃隊の先頭に立つ長身の青年魔法師に阻《はば》まれた。

リゲル自身の身長は百七十五センチと平均的だが、部下のアルニラム少尉は百八十三センチ、ベラトリックス少尉は百八十四センチ。

だが彼の魔法を防ぎ止めた青年は、さらに背が高い。おそらく、百九十センチ近くあるのではないだろうか。敵の中でも、突出した長身だ。相手が道路よりも高い丘の斜面に立っていることもあるのだろう。まさしく「立ちはだかられている」ように、リゲルには見えた。

「なんて魔法力だ！」

隣に来たベラトリックスの吐く悪態が、リゲルの耳に届く。リゲルも全くの同感だった。

今やアルニラムも加わって三人がかりで魔法を撃ち込んでいるのに、青年魔法師の防御は小揺るぎもしない。それどころか三対一にも拘《かか》わらず、隙を見て撃ち込まれる青年の魔法を防ぐ為《ため》に、リゲルもベラトリックスもアルニラムも、その都度、攻撃を中断して防御に専念しなければならなかった。

（私／我々は『降雷《サンダー》』を使う。合わせろ）

（了解）

（了解）

リゲルたちはパラサイト同士の意識共有によりタイミングを合わせて青年魔法師――勝成《かつしげ》に放出系魔法「降雷《サンダー》」を撃ち込んだ。

さすがはスターズの恒星級と言うべきか、衛星級のミマスと違いこの三人は使える魔法の種類が著しく制限されるという、パラサイト化によるマイナスの影響を受けていない。

いや、少しは影響が出ているのかもしれない。だがこの三人は元々使える魔法の種類が多かった為《ため》に、デメリットとして顕在化していないだけだろうか。

とにかく、三人で同じ魔法を選択して魔法式同士の干渉による威力低下を回避し、威力を合算して叩《たた》き付《つ》けることに成功する。

残念ながら相乗効果で三の三乗というわけにはいかず、単純な威力の加算だ。それでも単独で攻撃する場合のおよそ三倍になる威力の電撃が頭上から勝成《かつしげ》を襲う。

勝成《かつしげ》はその電撃をねじ曲げた。

一歩も動かず、身体《からだ》を揺らすこともせず、空気の電気抵抗分布を変えて電子の束を少し離れた地面に吸わせる。

そして雷光が消えた瞬間、勝成《かつしげ》の反撃がリゲルたちを襲う。

三人はいきなり全身に圧迫感を覚えた。彼らは別々に、反射的に耐圧シールドを張ってから、圧迫感の正体を覚《さと》る。彼らの周りの気圧が上昇しているのだ。

彼らがシールドを張った直後、それに呼応するように気圧はさらに、急激に上昇する。

（『冷却領域《チリングフィールド》』展開）

（『冷却領域《チリングフィールド》』展開）

（『冷却領域《チリングフィールド》』展開）

リゲルの命令は、三人同時の思考となって全く同じ魔法が放たれる。

圧力以上に激しく上昇した温度に対応する為《ため》、自分の周囲に気温を引き下げるフィールドを形成したのだ。

今や圧力よりも高温の方が脅威だった。三倍程度の気圧は、肉体の順応速度の限度内であれば耐えられる。だが空気の加圧により事後的に——世界が辻褄《つじつま》を合わせる為《ため》に——発生した高温は摂氏で六百度を超え、パラサイトの肉体でも耐えられない。

——勝成《かつしげ》の得意魔法は『密度操作』。厳密には『密度・圧力操作』。自然な状態では比例的に変動する密度と圧力を、別々に操作する魔法。圧力を変えずに密度を操作する、密度を変えずに圧力を操作する、密度と圧力を同時に操作する。使い方はこの三通りだ。このケースでは空気の密度を変えずに圧力を高めている。

達也《たつや》の『分解』や深雪《みゆき》の『広域冷却』に比べれば一見、地味に思われる。だが、たかが三倍の加圧でもこれだけの殺傷力を発揮するのだ。勝成《かつしげ》が「単純な魔法戦闘力ならば四葉《よつば》分家最強」と評価されているのは、故無きことではない。

三体のパラサイトは、高熱から逃れる為《ため》に魔法力の大半を『冷却領域《チリングフィールド》』に注いだ。その甲《か》斐《い》あって、彼らに接している空気は外気温と同じ摂氏三十度前後に保たれている。

しかし当然と言うべきか、勝成《かつしげ》の攻撃はそれで終わりではなかった。

いきなり、彼らを締め付けていた圧力が消失する。

高圧状態が解消されただけではない。魔法の終了により気圧と気温が元に戻った直後、瞬間的に密度を下げることで減圧したのだ。

密度の低下による事後的な空気膨張で彼らを中心に爆風が発生し、近くにいた上陸部隊員を薙《な》ぎ倒《たお》す。中心にいたリゲルたちの周りでは気圧と気温が急低下した。

気圧は通常の三分の一、気温は氷点下五十度以下。『冷却領域《チリングフィールド》』を展開中だった三人――三体のパラサイトは、この温度変化に対応できない。

細かな氷の粒で覆われて凍り付くパラサイトの肉体。

だが、リゲルはまだ、死んでいなかった。

直径五十センチ程の岩が群れをなして、リゲルたちを含めた上陸部隊に降り注ぐ。勝成《かつしげ》の部下が敵の混乱に乗じて飛ばしたものだ。

リゲルは凍り付いた状態で自分を直撃するコースの岩を一メートル手前で撥《は》ね返した。それは隣にいたベラトリックスを守る結果にもなった。

それだけではない。リゲルは凍り付いた自らの肉体を融《と》かした。凍結は身体《からだ》の表面に止《とど》まっていたのだろう。彼はすぐに動き出し、部下の安否を確かめる。

リゲルに続いてベラトリックスも、自力で凍結状態から脱した。

「イアン！」

それを目にして、リゲルは思念ではなく声でベラトリックスのファーストネームを呼んだ。

「隊長、ありがとうございます」

ベラトリックスが感謝の言葉を返す。凍り付いた状態でも、彼は自分が岩石弾の攻撃からリゲルによって守られたことを認識していた。

リゲルはベラトリックスに頷《うなず》いて、反対側へ振り向いた。

「サム！」

そして悲痛な叫びを上げる。

サム——サミュエル・アルニラムの頭部は岩石に押し潰されていた。

運悪く岩石弾が直撃したのだ。確かめるまでもない。即死だ。

それを目で認識して、リゲルはようやく意識共有が切れているのに気付いた。同化した宿主を失ったパラサイトの本体は、人間的な思考能力を失う。人間と同化状態のパラサイトには、その存在と本能的な霊子波《プシオンは》のシグナルを感じ取ることしかできない。

「イアン、行くぞ！」

「イエッサー！」

彼らが声でコミュニケーションを取ったのは、アルニラムの意識が消失したのを感じたくなかったからだろうか。

リゲルとベラトリックスが同時に走り出した。

『オリオンチーム』とも呼ばれていた第六隊が本来得意とする戦闘スタイルは、自己加速魔法による高機動力を活《い》かした接近戦だ。今まで中距離の撃ち合いに終始していたのは、上陸部隊のメンバー同士の連携を無視できないからだった。

だがアルニラムを失ったことにより、リゲルもベラトリックスも他の隊員に対する配慮を捨てた。彼らは復讐心《ふくしゅうしん》に駆《か》られて、勝成《かつしげ》のみを標的に定めた。——アルニラムを直接殺した魔法は勝成《かつしげ》が放ったものではないが、そうなる状況を作り出したのは紛れもなく彼だったからだ。

リゲルたちは瞬《また》く間《ま》に勝成《かつしげ》へ迫った。勝成《かつしげ》の部下も手をこまねいていたわけではなかったが、リゲルとベラトリックスの動きを追えた者はいなかった。

だが、二体のパラサイトはあと五メートルという所でいきなり体勢を崩した。

転倒こそしなかったが、蹈鞴《たたら》を踏んで足を鈍らせる。

彼らの足下には大きな足跡が刻まれていた。良く見れば、勝成《かつしげ》を中心として半円状に溶岩原が柔らかな砂と化している。

これもまた『密度操作』の効果だ。

辺り一帯の地面の密度を低下させることで、溶岩原を構成する玄武岩を風化させたのである。

機動力が低下したリゲルとベラトリックスに、勝成《かつしげ》直属の魔法師——新発田《しばたけ》家精鋭の多彩な攻撃魔法が殺到する。

如何《いか》にスターズの恒星級隊員といえど、この攻撃を全て防ぐことは不可能だった。

積み重なるダメージに、まずベラトリックスが砂原となった地面に崩れ落ち、続いてリゲルが両膝を突く。

止めを刺したのは勝成《かつしげ》の魔法だ。

パラサイトの身体《からだ》はますます密度を減らした砂の中に呑《の》み込《こ》まれ、その直後、密度を回復した玄武岩に押し潰された。

◇◇◇
「えげつねぇ……。まるで蟻地獄《ありじごく》じゃねぇか」

勝成《かつしげ》がパラサイトに止めを刺す映像を見たレオが、げんなりした表情で呆《あき》れ声を漏らす。

「呆《あき》れ声」で済んだのは、彼が人一倍、豪胆だからだろう。

同じ映像を見せられた幹比古《みきひこ》は吐きそうな顔をしているし、エリカでさえも顔の色が真っ青になっている。

ディスプレイの映像は、そこで別の戦場に切り替わった。

口を両手で押さえて何とか粗相《まぬが》を免れた幹比古《みきひこ》が、ふと気になったという顔を水波《みなみ》に向ける。

「そういえば、パラサイトの本体はどうなっているんだろう？　肉体を破壊した後に抜け出してくる本体を封じなければ、本当に斃《たお》したことにはならないはずだよ」

「パラサイトの本体は達也《たつや》様が処分されています」

幹比古《みきひこ》の質問に、水波《みなみ》は事実を隠さず答えた。

「ああ、封玉か。そうだね、あの魔法なら大丈夫か」

「封玉？」

「封玉って？」

レオとエリカが上げた疑問の声に幹比古《みきひこ》が対応してる傍《かたわ》ら、水波《みなみ》は沈黙を守っていた。

彼女は誰が、パラサイトに対処しているかについては正直に答えたが、どうやって対処しているかについては、本家から命令されたとおり説明しなかった。

◇　◇　◇

午前九時三十分。巳焼島《みやきしま》では激戦が続いていたが、海上でも変化があった。

島の東三十キロに停泊していた駆逐艦『ハル』と西三十キロ地点で停船した駆逐艦『ロス』の上空に、巨大な水素プラズマの塊が出現したのである。

言うまでもなく、自然現象ではない。二人の魔法師が作り出した人為的な現象だ。東のプラズマを作り出した魔法師の名はミゲル・ディアス。西の魔法師がアントニオ・ディアス。二人は一卵性の双子だった。

瓜二《うりふた》つの兄弟が紡《つむ》ぎ出した魔法は、まだ完成していない。いったん直径五十メートルまで成長したプラズマの雲が数秒で直径五メートルまで縮小、いや、圧縮される。

完全な球形に圧《お》し縮められたプラズマ雲は、全く同時に同じ速度で疾走を始めた。

駆逐艦『ハル』上空のプラズマ雲は西に。

駆逐艦『ロス』上空のプラズマ雲は東に。

二つのプラズマ雲は、音速の十倍以上のスピードで正面衝突のコースを突き進む。

達也《たつや》が東西の海上で発動した魔法を認識したのは、パラサイト本体の掃討が偶々《たまたま》一段落したタイミングだった。

(高密度の水素プラズマを巳焼島《みやきしま》上空で衝突させようとしている?)

(衝突まで約六秒)

(この速度で衝突しても核融合は起こらないが、衝突のタイミングで東西から圧力を掛け続ければ話は変わる)

(これは……シンクロライナー・フュージョンか!?)

ここまでの思考時間、約一秒。衝突まで残り五秒。

詳細な爆発力を推算している時間は無かったが、ブラジルの使用例から考えて、少なくともTNT換算数キロトン、可能性としては数十キロトンに達するかもしれない。

達也《たつや》は迷わず『術式解散《グラム・ディスパージョン》』による無効化を決断した。

（魔法の構成要素はプラズマ化、拡散防止、移動）

（移動の方向だけが逆転した、全く同じ二つの魔法式が使われている）

――第一段階、無効化する魔法式の解析。

（この魔法の性質から考えて、どちらか一方の魔法式を消去すれば魔法発動は阻止できる）

（だがここは、両方の魔法式を消す）

――第二段階、無効化する魔法式を照準。

――そして、最終段階。

（術式解散《グラム・ディスパージョン》、発動）

その瞬間、巳焼島《みやきしま》の東西上空を超音速で飛行中の発光体が霧散した。

……これは余談だが、伊豆諸島《いずしょとう》海域を衛星で観測中の気象台では、時ならぬＵＦＯ騒動が持ち上がっていた。

ＵＳＮＡ駆逐艦『ハル』で起こった騒動は、気象台のように気楽なものではなかった。

「シンクロライナー・フュージョンが無効化された！」

「無効化？　失敗ではないのか？」

「違う！　何者かの干渉による無効化だ！」

ミゲル・ディアスが、彼のＣＡＤ操作を補助していた魔法技術者と激しく言い争っていた。

そこへ駆逐艦『ロス』からミゲル宛てに通信が入る。

『ミゲル、俺だ』

「アントニオか」

通信の相手はミゲルの双子の弟で、シンクロライナー・フュージョンを発動する為《ため》のパートナー、アントニオ・ディアスだった。

『ミゲル、どういうことだ？　俺たちの魔法が無効化されるなんて聞いてないぞ』

「俺も同じだ。アントニオ、もう一度やるぞ！」

『無効化された原因が分からないのにか？』

「分からないからだ。今度は技術者にしっかり観測させた上で放つ」

『また無効化されれば、今度はその原因が観測できるというわけか』

「どんな方法で無効化しているのかが分かれば、対策も立てられる」

ミゲル・ディアスは、今回の作戦を成功させる為《ため》に対策を立てると言っているのではなかった。むしろ、次の戦場の為《ため》だ。

『シンクロライナー・フュージョン』を無効化する手段があるなら、その「無効化手段」を無効化する方法を見付けておかないと、彼らの存在意義が揺らいでしまう。

『そうだな』

アントニオも同じことを考えたのだろう。ミゲルの提案に頷《うなず》く言葉はすぐに返ってきた。

『今後の為《ため》にも――』

だが、それに続くセリフが不自然に途切れる。

「アントニオ？」

スピーカーからは、内容までは聞き取れないものの、ざわめきが聞こえてくるので通信が切れたというわけではない。

「どうした、アントニオ！」

『ディアス少佐……』

ミゲルの叫び声に応えたのは、弟のアントニオではなかった。

不吉な予感に襲われたミゲルは、息を呑《の》んで次のセリフを待つ。

『その……ミスター・アントニオは、突然消えてしまわれました』

「……何ですって？」

『アントニオ・ディアス氏は小規模な爆風を残して、一瞬で消えてしまわれたんです！』

ミゲルは何を言われているのか、すぐには理解できなかった。

「……弟は爆殺されたという意味ですか？」

『いえ、違うと思います。死体の破片どころか、一滴の血も残っていません。身体《からだ》のシルエットが揺らいだかと思ったら、風が広がって消えてしまわれたんです！　まるで、ご本人が風に変わったかのように！』

「…………」

『ディアス少佐。一体何が起こったのです？　これはあなた方の魔法ですか？　少佐は瞬間移動の魔法を実現されていたのですか⁉』

「……いえ、違います。私にも何が何だか……」

当惑が二隻の駆逐艦を駆け巡る。

駆逐艦『ロス』の技術者が口にした「風に変わって消えた」というセリフは正鵠《せいこく》を射ていたのだが、両艦の中には誰一人として、本気でそんなことを考えた者はいなかった。

（ターゲットの消滅を確認）

アントニオ・ディアスを『雲散霧消《ミスト・ディスパージョン》』で葬《ほうむ》った達也《たつや》は、右手の『シルバー・ホーン』を腰のホルスターに戻した。

（それにしても、シンクロライナー・フュージョンが二人一組で発動する魔法だったとは）

まだ島内では激しい戦闘が続いている。悠長に魔法の考察をしている状況ではない。

そうと知りつつ、達也《たつや》は今手に入れた戦略級魔法『シンクロライナー・フュージョン』の秘密について、考えずにはいられなかった。

（全く同じ魔法でプラズマの塊を向かい合わせに走らせ、正面衝突させる、か）

（少しでもコースやタイミングがずれたら成り立たない魔法だ）

（もしかしたら二つの魔法に込められた事象干渉力も一致する必要があるのかもしれない）

（現に俺が観測したミゲル・ディアスの魔法とアントニオ・ディアスの魔法に込められていた事象干渉力は、レベルが完全に一致していた）

（俺が知る魔法師の中で条件に適合しそうな魔法師は、そうだな……）

（……香澄《かすみ》と泉美《いずみ》の二人なら、使えるかもしれない）

『達也《たつや》様』

一応の結論らしきものが出たのと同時に、深雪《みゆき》から通信が入った。

「深雪《みゆき》、どうした？」

雑念から抜け出すには、ちょうど良《い》いタイミングだった。達也《たつや》は応答しながら『シンクロライナー・フュージョン』に関する考察を魔法技術に関する記憶庫にしまい込んで、現在進行中の戦闘に意識を向け直した。

『島の東西に停船した二隻の駆逐艦から、強い魔法力を感じました。わたしたちに対する攻撃だと思ったのですが、達也《たつや》様が防いでくださったのでしょうか？』

「どちらも正解だ。駆逐艦から放たれたシンクロライナー・フュージョンは術式解散《グラム・ディスパージョン》で無効化した」

『シンクロライナー・フュージョン！　ブラジルのミゲル・ディアスがこの戦いに加わっていたのですか⁉』

「そうだ。だが心配しなくて良い。戦略級魔法師としての〝ディアス〟は、既に無力化した」

『ありがとうございます。さすがは達也《たつや》様、いつもながら見事なお手並みですね……。念《ねん》の為《ため》、二隻の駆逐艦を強襲揚陸艦よりも先に動けなくしてしまおうと思うのですが、如何《いかが》でしょうか』

「妥当な判断だと思う。やってくれ」

『では早速処置に掛かります』

「ああ、頼む」

『かしこまりました』

丁寧な一言と共に、指令室との通信が切断される。

その十秒後、達也《たつや》は島の西岸にある指令室から強大な魔法が放たれるのを知覚した。

◇　◇　◇

指揮官デスクの照準補助アームを、深雪《みゆき》は既に展開していた。

アームにはコンパクトサイズの特化型ＣＡＤがセットされている。

そして指令室のメインスクリーンには、上空から捉えたＵＳＮＡ駆逐艦『ハル』が映し出されている。東の海上三十キロの映像だが、申し分の無い解像度だ。

先程までは「何処《どこ》から撮ったのだろう」という疑問が意識の片隅にこびりついていたが、今の深雪《みゆき》に一切の雑念は無い。達也《たつや》から送られた「頼む」という一言で、彼女の意識はこれから発動しようとしている魔法に、完全に集中していた。

深雪《みゆき》は一種のトランス状態にあったと言っても良いだろう。極度の精神集中が彼女の現実離れした美貌を一層非人間的な、人間を超越したものに見せていた。

指令室は無風だ。冷房は壁と天井を外側から冷却する方式を採っている。それなのに、指揮官シートに背もたれから背中を離して座る彼女の長い髪は、毛先がわずかになびいていた。

CADはスクリーンの駆逐艦に照準を合わせている。深雪《みゆき》は背筋を伸ばした端整な姿勢のまま、全く力みの無い動作でCADのグリップを握り、そのままスッと、無言で引き金を引いた。

機械的なプロセスは、全て自動で処理される。一々処理内容を報告する声は無い。指令室の戦術コンピューターから起動式のフォーマットに変換された座標データがCADに送信され、CAD自体から展開された起動式と合わさって、深雪《みゆき》の中に読み込まれる。

このCADで選べる魔法は一種類。

照準は機械が肩代わりしてくれている。

術者の負担を軽減する為《ため》、この新魔法では範囲指定のプロセスが省かれていた。照準点を中心に、投入された事象干渉力に応じた半径の円形領域が魔法の効力範囲になる。

深雪《みゆき》が決めなければならないのは、どのくらいの威力で魔法を放つかだけだ。

実際に使用するのは初めてということもあり、彼女は八割の力で魔法を発動することにした。——精神凍結魔法『コキュートス』を除けば、彼女が全力の八割もの事象干渉力を自分の中から引き出すのは滅多にないことだ。

魔法式の構築が完成し、最初の魔法式が標的に着弾する。その手応えを、深雪《みゆき》は確かに感じた。

魔法の効果は、すぐには表れなかった。改変された事象が現実を塗り替えたのは、魔法発動の約〇・八秒後。〇・五秒が魔法発動速度の一応の目安になっていることを考えると、そここそ遅い。

だが指令室でメインスクリーンを見ていた者は誰一人として、そんな余計な思考をしている余裕を持たなかった。スクリーンに広がる光景に、ただ息を呑《の》んでいた。

一面の氷。

画面を埋め尽くす氷原。

真夏の海に出現した氷の島ならぬ、氷の大地。

駆逐艦『ハル』を中心に捕らえた氷の大地は瞬《また》く間《ま》に広がり、半径十キロに成長していた。

この巳焼島《みやきしま》より、明らかに大きい。

達也《たつや》が深雪《みゆき》の為《ため》だけに創り上げた新魔法『氷河期《グレイシャル・エイジ》』。

その名のとおり、極北の厳冬期と言うより氷河期の世界を呼び出すかの如《ごと》きこの魔法は、一隻の駆逐艦相手にはどう見ても威力が過剰だった。

この魔法は、大規模な艦隊を丸ごと閉じ込めるのが使い方としては相応《ふさわ》しい。

一撃で大規模艦隊を行動不能に陥《おとしい》れる魔法。

一撃で艦隊規模の海上戦力を壊滅させる魔法を『戦略級魔法』と呼ぶならば、「壊滅」と「無力化」の違いこそあれ、これは戦略級魔法ではないだろうか……。

メインスクリーンを埋め尽くす衝撃の光景から、ようやく目を離すことが可能になった職員たちは、指令室の最奥《さいおう》に座る深雪《みゆき》へ畏怖の眼差《まなざ》しを向けた。

ただ一人、冷静な精神状態を保っていた深雪《みゆき》は、スタッフの視線を次の指示を求めるものと誤解した。

「西三十キロ海上の駆逐艦をメインスクリーンに出してください」

「は、はい」

深雪《みゆき》の命令に、索敵システム担当の職員が慌ててコンソールに向き直り、手を動かした。

駆逐艦『ロス』を閉じ込めた氷の島は半径五キロ、強襲揚陸艦『グアム』を捕らえた氷原は半径一キロだった。三回目にして、深雪《みゆき》はようやく加減を摑《つか》んだようだ。

このわずか一分足らずで、USNA奇襲部隊の海上戦力は完全に沈黙した。

（ある程度は予測していたが……これでは完全に戦略級レベルだ。しかも、本家本元の規模を超えている……）

深雪《みゆき》が発動した『氷河期《グレイシャル・エイジ》』を視て、達也《たつや》は内心、頭を抱えた。

達也《たつや》が比較の対象として思い浮かべたのはベゾブラゾフの『トゥマーン・ボンバ』だ。厳密に言えば『トゥマーン・ボンバ』に使用されているチェイン・キャストと深雪《みゆき》の『氷河期《グレイシャル・エイジ》』で魔法式を増殖させたチェイン・キャストの規模を比べての独白だった。

（無駄に魔法力をばらまいたわけではないが、あの魔法式連鎖展開システムを編み出したのはベゾブラゾフだ。あの男なら、『氷河期《グレイシャル・エイジ》』に使用されているチェイン・キャストに気付いただろう）

そして、自分の『トゥマーン・ボンバ』より魔法式の増殖規模において深雪《みゆき》の『氷河期《グレイシャル・エイジ》』が勝っていたことにも気が付いたに違いない。

（プライドが高そうな男だからな……。傍迷惑《はためいわく》な対抗心を起こさなければ良いが）

そう考えながらも、達也《たつや》はベゾブラゾフがこの戦いに介入してくることを、心の片隅で確信していた。

◇　◇　◇

◇　◇　◇

（まただ！　また盗まれた！）

達也《たつや》が考えたとおり、ベゾブラゾフは『氷河期《グレイシャル・エイジ》』の発動を感知した。だが彼が怒り狂っているポイントは、達也《たつや》の推測とは少し違っていた。ベゾブラゾフは、自身が創り上げた魔法『トゥマーン・ボンバ』の一部が使われていることに憤《いきどお》っていた。

達也《たつや》が（個人的に）チェイン・キャストと呼んでいる魔法式連鎖展開システムは、ベゾブラゾフにとっては独立の技術ではなくあくまでも『トゥマーン・ボンバ』の一部でしかない。彼にしてみれば一条将輝《いちじょうまさき》が使った『海爆《オーシャン・ブラスト》』も深雪《みゆき》の『氷河期《グレイシャル・エイジ》』も『トゥマーン・ボンバ』のプロセスを盗用した魔法だ。

軍事用に開発された魔法が公開されることはないから、特許権のような知的財産権も無い。魔法のプロセスを、一部どころか全部流用されても権利侵害を主張できるものではない。

だが感情は別問題だ。

法的に守られた権利が無いからといって、自分のオリジナルを勝手に使われれば面白いはずはない。無断使用した者が憎き敵ならば尚更《なおさら》だ。

元々ベゾブラゾフは七月三十日の段階で、クラークの巳焼島《みやきしま》奇襲作戦に介入するつもりだった。いや、「介入」というより「便乗」と表現する方が妥当かもしれない。

どれだけ不意を打とうとも、単に魔法を撃ち込むだけでは司波達也《しばたつや》には通用しない。認めるのは癪《しゃく》に障《さわ》るが、事実から目を背けるわけにはいかなかった。これ以上の敗北は、彼の矜持《きょうじ》が許さない。今度こそ確実に司波達也《しばたつや》を仕留めると、ベゾブラゾフは心に決めていた。

不意打ちが通用しない理由を、自分の魔法の波動を覚えられてしまったからだとベゾブラゾフは推測していた。伊豆《いず》に撃ち込んだ奇襲の初撃を防いだのは、司波達也《しばたつや》ではなかった。だが第二撃以降は『トゥマーン・ボンバ』が完成する前に、手痛いカウンターを喰《く》らった。おそらく魔法には、それを発動した魔法師に固有の波形のようなものがあって、司波達也《しばたつや》はそれを見分けられるのだろう。ベゾブラゾフはそう考えた。

――ならば、強力な魔法が飛び交う様な戦場で、他に緊急の対応をしなければならないような状況を作り上げれば、奇襲を察知されることなく司波達也《しばたつや》を抹殺できるのではないか。

それがベゾブラゾフの出した結論だった。このアイデアに従って、彼は虎視《こし》眈々《たんたん》と機会を狙っていたのだ。

そこに『トゥマーン・ボンバ』の技術を使った大魔法だ。激しい怒りを覚える一方で「チャンスだ！」とベゾブラゾフの心は叫んでいた。

ベゾブラゾフは、前以《まえもっ》て準備したプランを実行するよう軍司令部に要請した。

東シベリア軍司令部が発した命令に従い、ハバロフスクの西百五十キロに位置するビロビジャンミサイル基地から極超音速ミサイルが発射された。標的は巳焼島《みやきしま》。速度はマッハ二十を超え、着弾まで、五分足らず。

日本の国防軍はミサイルの発射を探知したが、途中で着弾予想地点が判明するや、迎撃を諦めた。現代の技術でも極超音速ミサイルの撃墜が成功する可能性は五十パーセント程度。本州に落下しないと判明した時点で、国防軍は無理に撃墜するより領海に落下させて外交材料にする方が得策だと計算したのだった。


ビロビジャンミサイル基地が極超音速ミサイルを発射した三分後、今度は巳焼島《みやきしま》南方四十キロの海中に潜んでいた『クトゥーゾフ』が深度五十メートルまで浮上し、艦対地ミサイルを次々と発射した。

『クトゥーゾフ』は新ソ連の最新鋭ミサイル潜水艦だ。もっと深い深度からもミサイルを発射できるのだが、今回は秘匿性よりも確実性を重視して低深度・短距離の攻撃が選択された。

発射したミサイルは六発。最終的にマッハ二まで加速され、巳焼島《みやきしま》の西岸に着弾するまで、約一分半。

◇　◇　◇

達也《たつや》は『精霊の眼《エレメンタル・サイト》』のキャパシティの半分を常時、深雪《みゆき》に迫る脅威の監視に割り当てている。深雪《みゆき》を害する可能性がある物質的な現象、魔法的な兆候が対象だ。予知ではないから空間的な距離を跳び越えて突如顕在化する遠隔魔法は直前まで察知できないこともあるが、物理的な空間を連続的に移動してくる物体や現象ならば、それが深雪《みゆき》に向かって移動を開始した時点でほぼ確実に把握可能だ。

今も達也《たつや》は、ビロビジャン基地の極超音速ミサイルも、潜水艦『クトゥーゾフ』の艦対地ミサイルも、それが発射された時点で認識していた。彼が巳焼島《みやきしま》に向けられたミサイルを発射直後に破壊しなかったのは、ギリギリまで待つべきだと感じたからだった。

具体的な根拠の無い、単なる直感だ。ギリギリでも間に合うという自信があるから可能だった、一種の賭けとも言える。

もっとも、「待った」と言うほど時間に余裕は無かった。

ミサイルが島の上空に迫る。

(限界か)

達也《たつや》は『シルバー・ホーン』を抜かずに、スーツ内蔵のCADを使って『分解』を発動した。

素手で照準のイメージを補完することもない。純粋に魔法的な知覚だけで狙いを付ける。

まず六発の艦対地ミサイルを元素レベルに分解。

すかさず、極超音速ミサイルに魔法の狙いを付ける。通常兵器体系の迎撃システムでは追尾することも困難なミサイルだが、「極超音速ミサイル」という情報に照準を合わせている達也《たつや》にとっては固定目標と変わらない。

艦対地ミサイル同様、こちらのミサイルも核ミサイルではなかった。

化学兵器、生物兵器他、核以外の有害な元素も含まれていない。

巳焼島《みやきしま》を狙ったミサイルは全て、島の上空に到達する直前で粉微塵《こなみじん》——仏教的な意味での「微塵《みじん》」に近いレベルの微粒子に分解された。

◇　◇　◇

ベゾブラゾフはハバロフスクに設置された『トゥマーン・ボンバ』用大型ＣＡＤの助けを借りて、巳焼島《みやきしま》上空に放たれた達也《たつや》の魔法を感知した。

艦対地ミサイルを破片も残さず分子に近いレベルにまで破砕する、極めて強い事象干渉力が投入された魔法。

（よし、計算どおり！）

これだけ強く現実をねじ曲げる魔法を使ったならば、たとえそれが自分の魔法でも、他の魔法を識別することは困難になるに違いない。

これはベゾブラゾフを含めた、現代の魔法学者にとっての常識的な思考だった。

（USNA艦艇を氷づけにした大魔法の影響もまだ残っているはずだ）

（今が、好機！）

ベゾブラゾフがそう考えたのは潜水艦『クトゥーゾフ』から発射されたミサイルが破壊された直後、ビロビジャン基地から発射されたミサイルが破壊される直前の一瞬。

既に『トゥマーン・ボンバ』の発動準備は調《ととの》っている。

（死ね！）

ベゾブラゾフが『トゥマーン・ボンバ』を放ったのは、達也《たつや》の魔法が極超音速ミサイルを破壊し終えた瞬間と全くの同時だった。

◇◇◇

極超音速ミサイルを対象とする『分解』を放つのと同時に、達也《たつや》はまだ発動していない魔法の気配を捉えて右手で『シルバー・ホーン』を抜いた。

一挙動で大型拳銃の形をしたＣＡＤの引き金に指を掛けた右腕を真《ま》っ直《す》ぐ頭上に伸ばし、空

へ向けて引き金を引く。

『トゥマーン・ボンバ』は無数の魔法式の集合体。しかもその魔法式は、一つ一つが微妙に異なり、グループ化して一気に分解することはできない。達也《たつや》の『術式解散《グラム・ディスパージョン》』では一部を消去することはできても、残る無数の魔法式がそれとは独立に発動してしまう。単純化すれば、百の威力を九十九に減らすことしかできない。

だが魔法式連鎖展開システム、達也《たつや》がチェイン・キャストと命名したプロセスは一個の魔法式から始まる。連鎖展開が始まる前に、「原本」とも言うべき最初の魔法式を破壊すれば『トゥマーン・ボンバ』を完全に無力化できる。分解すべき魔法式の構造は過去の交戦で入手済みだから、魔法が放たれる前に一番目の魔法式が発生する座標が分かれば無効化は可能だ。

今、この時のように。

──『トゥマーン・ボンバ』、発動。

──『術式解散《グラム・ディスパージョン》』、発動。

魔法式をコピーし、アレンジして隣の座標に設置する。

そのプロセスが完了する前に、達也《たつや》の情報体分解魔法がアレンジのプロセスごと「原本」の魔法式を分解した。

ベゾブラゾフの『トゥマーン・ボンバ』は、達也《たつや》によって完封された。

◇　◇　◇

（未発……？）

（トゥマーン・ボンバが打ち消されただと……？）

確かに発動した『トゥマーン・ボンバ』の手応えが無くなり、ベゾブラゾフは激しい動揺に見舞われた。

（馬鹿な！　一体どうやって⁉）

（数千に及ぶ個々の魔法式を、全て破壊した？）

（不可能だ。人間の処理能力で、そんな真似《まね》が可能なはずがない！）

（ではどんなトリックを使ったというのだ？）

（魔法式を高速侵食するウイルスでも作り出したのか？）

己の存在意義とも言える魔法の不発に、ベゾブラゾフはすっかり意識を奪われていた。

「信じられない」「信じたくない」という正直な感情と、現実逃避は許されないという科学者の矜持《きょうじ》。ベゾブラゾフは、その板挟みになっていた。

感情と矜持《きょうじ》の折り合いを付ける為《ため》には、『トゥマーン・ボンバ』の失敗に科学的な説明をつけることで自分を納得させるしかなかったのである。

彼は気付いていない。

自分が既に、魔法に捉えられていることに。

銃口は彼の心臓に向けられ、トリガーがまさにこの瞬間、引き絞られようとしていることに。

◇　◇　◇

六月下旬に授業時間中の一高でベゾブラゾフに狙われた際、達也《たつや》はこのロシア人魔法師の個体情報を手に入れていた。

まだ六歳の幼少期、人造魔法師実験の被験体にされ実の母の手によって精神を改造された副産物で、達也《たつや》は忘却と無縁になった。それは決して良いことばかりではなかったが、以来達也《たつや》は、どんなに複雑な情報であろうと、どれだけ大量のデータであろうと自由自在に、正確に記憶から引き出せる。

達也《たつや》はベゾブラゾフの個体情報を元にして、彼がハバロフスクの研究所にいることを突き止めた。二ヶ月前に襲撃された時の記憶が残っていなかったら、これほど簡単には見付けられなかっただろう。分解したばかりの『トゥマーン・ボンバ』の残骸が情報次元を漂っているから、それを利用すれば彼を発見すること自体は可能だったに違いない。だがこんな短時間では、居場所を特定できなかったはずだ。

探している間に第二波、第三波のミサイルを撃ち込まれていたかもしれない。ミサイルの対処にリソースを奪われて、十分な探知ができなくなっていた可能性も低くなかった。

ベゾブラゾフは小規模な天文台のような形をした堅牢《けんろう》な建物の中で、鉄道コンテナのような箱形のＣＡＤの中に座っている。

以前に「視《み》」たＣＡＤよりも単純な構造だが、基本的な機能は同じであるようだ。

前回は、接続中のＣＡＤを破壊することで精神にダメージを与えるだけに留《とど》めた。あれは世界の軍事バランスを乱さない為《ため》だった。

だがもう、そんな甘いことは言っていられない。

もしかしたら今より過酷な未来を招く結果になるかもしれないが、自分の為《ため》にも深雪《みゆき》の為《ため》にも、ベゾブラゾフとの因縁は断ち切らなければならない。

達也《たつや》はそう、覚悟を決めた。

(研究所の魔法的防御状態に関する情報を取得)

(ベゾブラゾフ本人の魔法的防御状態に関する情報を取得――個人用領域干渉存在せず)

彼はＣＡＤをホルスターに戻して、右腕を北北西、ベゾブラゾフのいる方角へ向けた。これから行う攻撃には『シルバー・ホーン』よりもスーツ内蔵の思考操作型ＣＡＤの方が適していると、観測の結果判明したからだ。

達也《たつや》は伸ばした右手を、拳を見せつけるように硬く握り込んでいる。

（領域干渉分解魔法式、構築——完了）

握っていた右手の、人差し指を伸ばす。まるで「一」とカウントするように。

およそ一千七百キロの距離を超えて、情報体分解の魔法が発動。

ベゾブラゾフの研究所を取り巻いていた領域干渉フィールドが消失する。

（情報強化分解魔法式、構築——完了）

人差し指を伸ばしたまま、右手の中指を立てる。

情報強化を無力化する魔法が発動。研究所の屋根や壁、全ての構造材が魔法的攻撃に対し、むき出しになる。

（建物構造情報分解魔法式、構築——完了）

右手の薬指を伸ばす。立っている指は、三本。

物質分解の魔法が発動し、一千七百キロの彼方《かなた》で天文台のような形をした研究所が、立ちこめる粉塵《ふんじん》の中、跡形も無く消え去った。

（CAD構造情報分解魔法式、構築——完了）

四本目は小指だ。

物質分解魔法が発動。ベゾブラゾフが潜り込んでいる大型CADが、研究所同様微塵《みじん》と化す。

（個人用情報強化分解魔法式、構築——完了）

親指を立てる。達也《たつや》の右手は、五本の指が全て伸ばされている状態になった。

発動した情報体分解魔法により、ベゾブラゾフの全身を守っていた情報強化が剝がれ落ちる。

(肉体構造情報分解魔法式、構築──完了)

達也《たつや》は右手を、再び強く握り込んだ。まるで、目に見えない何かを握り潰すように。

『雲散霧消《ミスト・ディスパージョン》』が、ベゾブラゾフの肉体を直撃した。

◇◇◇

ベゾブラゾフの個人用研究所の、魔法的防御が消える。

研究所の屋根が、壁が、全ての構造材と設備と什器《じゅうき》が砂と化して崩れる。

彼が潜り込んでいた大型CADが、筐体《きょうたい》もコンソールも電子回路も、全てが輪郭を失って崩れ落ちる。

この段階になって、ベゾブラゾフはようやく異変に気付いた。だが異変を認識した直後、稼《か》働《どう》中のCADとの接続を無理矢理断たれた影響で、精神に強い衝撃を受けてしまう。

意識が不確かになり、苦痛も絶望も覚えなくなっていたのは、おそらく彼にとって幸いだっただろう。

ベゾブラゾフの肉体は衣服ごと境界が曖昧になり、形が歪《ゆが》み、色が薄れ拡散して、一瞬だけ燃え上がった小さな儚《はかな》い炎と共に、この世から消《き》え失《う》せた。

◇　◇　◇

ベゾブラゾフを抹殺しても、戦闘はまだ終わっていない。島に上陸したパラサイトも片付けなければならないが、達也《たつや》の中でそれよりも優先度が高いのは、ミサイル攻撃を仕掛けてきた新ソ連の基地と潜水艦だ。どちらも達也《たつや》でなければ対処は難しいだろう。

反撃しないという選択肢は無い。泣き寝入りはさらなる蹂躙《じゅうりん》を招く。尊厳を守れるのは自分だけ。これは、個人も国家も同じだ。

彼は再び『シルバー・ホーン』を手に取った。ベゾブラゾフのような極めて強い魔法力を備えている相手でなければ、長距離魔法狙撃は「銃」の形をしたＣＡＤの方がイメージし易《やす》い。

達也《たつや》は後ろへ——南へ振り返った。潜水艦が南の海中に潜んでいることは、艦対地ミサイルの軌道で分かっている。潜水艦がミサイルを発射してから、まだ五分も経《た》っていない。そう遠くへは行っていないはずだ。

(——艦名『クトゥーゾフ』。巳焼島《みやきしま》南方四十キロ、水深五十メートル。現在、停止中)

潜水艦『クトゥーゾフ』はミサイルを発射した場所から動いていなかった。達也《たつや》が懸念《けねん》したとおり、第二波を予定しているのだろうか。それとも、戦果を観測するよう命じられているのだろうか。どちらにしても接続水域内に止まって留まっているのは、達也《たつや》にとって好都合だった。

（潜水艦構造情報を取得）

達也《たつや》は潜水艦の構造を、特に推進器に注目して調べた。

『クトゥーゾフ』の推進器は非電磁型ウォータージェット。現代の軍事艦艇は電磁推進機関が主流になっているが、敢《あ》えて非電磁型を採用しているのは磁気探知対策だろうか。理由はともかく、機械的な可動部が多い推進器が使われているのは歓迎すべきことだ。――壊す方としては。

（分解レベル、交換可能部品）

最初から交換が可能なように作られている部品を取り外すのは、分解魔法の中では難度が低く負担が小さい。

達也《たつや》は『シルバー・ホーン』の引き金を引いた。

『クトゥーゾフ』の推進機関で大規模な破損が生じる。艦体に致命的なダメージを与えるものではないが、水中での修理は不可能なレベルだ。

このままでは海中で立ち往生。原子力機関を搭載していない『クトゥーゾフ』は、海水から酸素を製造する装置を搭載していない。いずれ艦内の酸素が尽きてクルーは全滅だ。『クトゥーゾフ』はもう、浮上するしかない。

続いて達也《たつや》は念《ねん》の為《ため》、潜水艦のミサイルランチャーを全て破壊した。破壊と言っても爆破と

か分離とかの荒っぽい手段を取ったのではなく、ハッチ開閉機構を断線させたのだ。これでも
う、艦対地ミサイルによる攻撃の懸念《けねん》は無くなった。
達也《たつや》は『クトゥーゾフ』の浮上を待たず身体《からだ》を反転させた。
『シルバー・ホーン』が狙う先は北北西一千七百キロ、ハバロフスクの西百五十キロ、ビロ
ビジャンミサイル基地。
（ミサイルの情報を遡及《そきゅう》）
先程「分解」した極超音速ミサイルの情報を『精霊の眼《エレメンタル・サイト》』で過去へと遡っていく。
最大マッハ二十超・約五分の軌跡を一瞬で遡り、ミサイルが飛び立った地下サイロに到達。
そこから水平に「視野」を広げていく。
達也《たつや》の脳裏に航空写真のような——ただし、地下を透視した——イメージが像を結ぶ。
（地下に無人のミサイルサイロ六基を視認）
ビロビジャンミサイル基地が持つ地下サイロは六基。意外に数が少ない。敵の攻撃に備えて
基地を分散しているのだろう。移動式サイロで発射前に無力化されるのを防ぐのではなく、地
理的に分散させることで全滅を防ぐという発想は、有り余る領土を持つ大国にのみ許される贅《ぜい》
沢《たく》か。
ここを破壊しても別の基地から攻撃を受ける可能性はあったが、その時はその時だ。今は警
告の意味を込めて、トリガーを引くべきシチュエーションだった。

（照準、六基の地下サイロ）

他にも地下にミサイルの管制施設があったが、今回は有人施設をターゲットから外した。事態のエスカレートを避ける為《ため》だ。自分の目的の為《ため》にはそれで十分だと達也《たつや》は判断した。

（雲散霧消《ミスト・ディスパージョン》、発動）

達也《たつや》が物質を元素レベルに分解する魔法を放つ。

一千七百キロ彼方《かなた》のビロビジャンでは、ミサイルの自爆によるものではない爆発で地下サイロが六つ、吹き飛んだ。

大量の金属と合成樹脂、元素・化合物半導体、合板、人造石などの固体が瞬時に気化した圧力上昇による爆発だと理解した者は、現地には一人もいなかった。

噴き上がる粉塵《ふんじん》は、まるで火を伴わない噴火のようだった。

［9］

日本時間、二〇九七年八月四日午前九時四十五分。

戦闘が始まってからわずか三十分余りで、巳焼島《みやきしま》に上陸した米軍部隊は全滅した。

生存者ゼロという意味ではなく、防衛隊側も負傷した敵兵を拘束した上で治療しているが、生き残りは人間だけだ。パラサイトは漏れなく殲滅《せんめつ》された。

肉体から逃れて滅びを免《まぬが》れたパラサイトもいない。達也《たつや》は一体のパラサイトも見逃さなかった。

こうして巳焼島《みやきしま》攻防戦は、四葉家《よつばけ》の完勝に終わった。

正式な作戦でないとはいえ、また公式には「叛逆兵《はんぎゃくへい》の暴挙」という扱いになっているとはいえ、USNAの正規軍が正面衝突で民間の魔法師集団に歯が立たなかった。この事実は各国の——日本を含めて——軍事関係者を震撼させ、「四葉」の悪名をますます世界に轟《とどろ》かせた。

しかし世界を震え戦《おのの》かせたのは、その事実だけではなかった。

◇◇◇

「お兄様！　いえ、達也《たつや》様。お疲れ様でした」

達也《たつや》が指令室に帰還したのは、戦闘が終結した約五分後のことだった。

抱きつく寸前で立ち止まり、「お兄様」も「達也《たつや》様」と言い直して淑《しと》やかなお辞儀で迎え入れる。──指令室のスタッフは、深雪《みゆき》の「お兄様」を聞かなかったことにしたようだ。

「深雪《みゆき》も、お疲れ様」

達也《たつや》が掛けた労《ねぎら》いの言葉に応じて深雪《みゆき》は顔を上げ、ニッコリと微笑《ほほえ》む。その笑顔は上品な貴婦人と清楚《せいそ》な少女の両面を、絶妙のバランスで兼ね備えていた。

「ありがとうございます。達也《たつや》様、お怪我《けが》はありませんか？」

達也《たつや》の戦闘スーツには、ざっと見たところ傷一つ無い。さすがに土埃《つちぼこり》は付いているが、出血の跡どころか返り血すらも見当たらない。

「大丈夫だ。傷一つ負わなかった」

「それをうかがって安心しました」

言葉どおりに、達也《たつや》の身に関する気懸かりが解消したのだろう。深雪《みゆき》はもう一度艶《あで》やかに微《ほほ》笑《え》んで、メインスクリーンに目を向けた。

「ところで達也《たつや》様。あれはどう致しましょうか」

深雪《みゆき》が視線で指し示したのは、三分割された映像の中で氷に埋もれて立ち往生しているUSNAの軍艦。駆逐艦『ハル』、駆逐艦『ロス』、および強襲揚陸艦『グアム』だ。

「戦闘が一段落した時点で、勝成《かつしげ》さんが投降を勧告した。今はその回答待ちだ。向こうが同意すれば『氷河期《グレイシャル・エイジ》』を解除してくれ」

「かしこまりました」

『指令室、深雪《みゆき》さんを出してくれ』

まるで二人の会話が聞こえていたかのように、勝成《かつしげ》からの音声通信が入る。映像が無かったのは、戦闘スーツの通信機を移動基地で中継しているからだろうか。

念の為《ため》に島内を映しているサブスクリーンで確認してみると、勝成《かつしげ》は東岸の埠頭《ふとう》に立っていた。沖には強襲揚陸艦『グアム』の上部構造物が一部のぞいているだけのはずだが、それでも自分の目で敵の動きを監視したいと考えているのだろう。

「勝成《かつしげ》さん、米軍から回答があったんですか」

応答したのは、深雪《みゆき》ではなく達也《たつや》だ。

『達也《たつや》君、指令室に戻っていたのか』

勝成《かつしげ》は深雪《みゆき》が応えなかったことに不満を示さなかった。

『君の言うとおりたった今、強襲揚陸艦グアムの艦長アニー・マーキス大佐から武装解除に応じる旨《むね》、回答があった。二隻の駆逐艦も武装解除に同意したとのことだ』

「投降ではなく武装解除ですか。中々強《したた》かな艦長のようですね」

達也《たつや》のセリフに、深雪《みゆき》が意味を問いたげな表情を浮かべる。

『民間人である我々には軍の持ち物を鹵獲《ろかく》する権限も無ければ捕虜を取る権限も無いからな。処置に困るという意味では、どちらも同じだろう』

しかし達也《たつや》が彼女の疑問に答えるまでもなく、勝成《かつしげ》のセリフで大体の所は深雪《みゆき》も理解したようだった。

『取《と》り敢《あ》えず丸腰で艦から退去するよう求めるつもりだ。ついては、海を凍り付かせている魔法を解除してもらいたい。この魔法は深雪《みゆき》さんのものなのだろう？』

「そうですね。それが妥当でしょう」

達也《たつや》は勝成《かつしげ》のセリフに同意を示して、深雪《みゆき》に目配せをする。

深雪《みゆき》は達也《たつや》の視線に一礼した。

次の瞬間、海に異変が起こる。いや、今の季節と緯度を考えれば、正常化したと表現すべきか。

半径一キロ、五キロ、十キロの氷原が瞬《また》く間《たま》に消滅する。自然融解でない証拠は、消失速度ばかりではない。周囲の海水に温度低下は見られない。逆に、氷原の出現によって冷やされていた周りの海も元の水温を取り戻した。

「勝成《かつしげ》さん、交渉の続きをお願いします」

何事も無かったような、まさしくいつもどおりの声で、深雪《みゆき》がマイクに話し掛ける。

『了解した』

勝成《かつしげ》の返答には「まったく、君たちは……」という呆《あき》れ声《ごえ》の副音声が、確かに付随していた。

◇　◇　◇

グアムのアニー・マーキス艦長は、抵抗する気力を完全に喪失していた。

自分の艦を襲った天変地異。それは彼女が知る魔法とはまるで別物だった。

次元が違った。

一瞬と言っても過言ではない短時間で、全長三百メートルを超える巨体が氷の中に閉じ込められた。艦内は冷気の侵食を免《まぬが》れたが、艦の外側は甲板まで氷に囚《とら》われていた。凍結は電磁推進機関内部の海水にまで及んでいて、身動きは全く取れなかった。

攻撃目標の島にいる魔法師の仕業だとは、誰に教えられなくても理解できていた。だが、この状態で反撃などできるはずもない。動かない単なる的と化している艦艇では、反撃の直後に狙い撃たれるのがオチだ。第一、砲塔もミサイルハッチも凍り付いていて、動かそうと思っても動かないだろう。

無線で突き付けられた投降勧告に、長く悩む必要は無かった。選択の余地は無かった、と言う方が正確か。それでも部下の手前、五分程悩んだふりをして、マーキスは投降を受《う》け容《い》れた。

その直後にもう一度、マーキス艦長だけでなくクルー全員が度肝を抜かれる。

艦を閉じ込めていた氷が、氷原ごと消《き》え失《う》せたのを目《ま》の当《あ》たりにして。

まるで夢を、悪夢を見せられているような気分だと、クルーの誰もが感じていた。

人間に負けたという実感が欠如しているからだろう。艦長の退艦命令にクルーは誰も逆らわなかった。

「ドクターも艦を降りていただけますか」

搭載艇などの戦闘用舟艇ではなく非常用のゴムボートで艦を離れる部下の姿を艦外カメラの映像で見ながら、アニー・マーキスは戦闘指揮所《CIC》に残っていたエドワード・クラークに退艦を促した。

「この状況ではやむを得ませんね……。いったんキャビンに戻っても良いですか？　私物を取ってきたいので」

「武器でなければ構いません」

「武器ではありません。では、失礼します」

クラークの態度は、不満を隠そうとして隠し切れていないというものだった。退艦に――降伏に本当は納得しているのではないという本心が透けて見える。

だからかえって、マーキス艦長は安心した。彼女は「物分かりの良すぎる態度はこちらを騙《だま》そうとしている証《あかし》だ」と考える種類の人間だった。

マーキスは艦内警備システムで自分以外に人が残っていないことと、機関が全て停止していることを確認して、戦闘指揮所《CIC》を後にした。

彼女は機械音痴ではないが、専門の技術者と同等の知識を持っているわけでもない。自分の艦の情報システムがクラーク一味によってクラックされていることに、マーキス艦長は気付いていなかった。

戦闘指揮所《CIC》が無人になってすぐに、クラークは彼の協力者と共にそこへ舞い戻った。艦の電子頭脳を掌握しているクラークにとって、今、艦内の何処《どこ》に何人の人間がいるのか把握するのは造作もない。

彼の「協力者」は市民権を餌に釣り上げた外国籍の兵士ではなく、航海前に金銭で買収した海軍の下士官および兵士だ。その中にパラサイトは一体もいない。全員が操艦スキルの持ち主であり、これはつまり、クラークが作戦開始前から自分だけ逃亡するつもりだったことを示している。

最初から負けるつもりだった、というのは穿《うが》ち過ぎだろう。だが負けた後に備えていたのは間違いない。彼はＵＳＮＡにおいて、自分の立場が日々悪化しているのを理解していた。今回の作戦が一発逆転の大博打《おおばくち》であることも、正確に認識していた。

負ければ、ＵＳＮＡに帰る場所は無い。クラークはそう思い込んでいたのかもしれない。

そしてそれは、決して的外れではなかった。後になって判明したことだが、ペンタゴンもホワイトハウスも、作戦の成否に拘わらずクラークを切り捨てるつもりだったのだ。

冷静に考えれば、それほど理解し難《がた》い話でもない。エドワード・クラークは裏社会では『七賢人』の黒幕として大きな影響力を有しているのかもしれないが、表社会では政府機関の一職員に過ぎない。『七賢人』としての力の源である『フリズスキャルヴ』も、連邦軍参謀本部がその気になれば、何時《いつ》でも切断可能なものでしかなかった。

それに対して達也《たつや》は、現時点で世界最強の破壊力を持つ戦略級魔法の遣い手だ。確かにその魔法がＵＳＮＡの覇権を揺るがすという面はある。だがその反面、新ソ連と大亜連合を日本以西に抑え込む役割も期待できる。達也《たつや》が日本軍と余り上手《うま》く行っていないという最近の動向を、ＵＳＮＡの情報機関は正確に把握している。交渉次第で達也《たつや》を西太平洋地域におけるＵＳＮＡの強力な同盟者として利用できると、ペンタゴンの専門家は考えていた。

この軍事的な価値に加えて、達也《たつや》の『恒星炉』技術は、入手できたならばＵＳＮＡ経済に大きなメリットをもたらすとホワイトハウスの経済官僚は期待していた。アメリカ経済界は、その本音では、不安定な所謂《いわゆる》再生可能エネルギーに満足していない。

何時《いつ》でも望む時に、国土の何処《どこ》でも、望むだけのエネルギーを消費できる。『恒星炉』は、かつて享受した「大量生産・大量消費の豊かな社会」を取り戻すきっかけになると考える者も、大っぴらに口にはしないが、決して少なくなかったのだ。

ここで軍艦を奪って逃走するというクラークの選択は、彼とUSNAの関係だけから判断すれば、決して悪いものではなかった。

クラークは艦外カメラでマーキス艦長を乗せたゴムボートが十分に離れたのを見て、機関の再始動を命じた。軍の艦長に与えられる、艦の全機能を問答無用で凍結する「非常コード」は、無線では使えない。マーキスが艦に戻ろうとしても間に合わなくなるまで離れる必要があったのである。

「あの島の東岸を狙ってミサイルを発射してください」

このクラークの命令は、あくまで達也《たつや》の暗殺を果たそうとしたものではない。その証拠に狙いは四葉《よつば》関係者の居住施設があると分かっている西岸ではなく東岸だ。囚《とら》われた「捕虜」と、グアムを離れたゴムボートを収容しようと待ち構えている守備隊を攻撃することで混乱を引き起こし、逃げる時間を稼ごうとしたのである。

結果的には、これがクラークの命取りになった。

「全速で南に向かってください」

「了解。機関全速」

機関全般を操作し航法を兼務している水兵がクラークの指示に従い電磁推進機関の出力を一気にマックスまで引き上げる。

「ドクター！　VLSのハッチが開きません！」

同時に、火器管制席に着いていた下士官が強襲揚陸艦『グアム』に生じた最初の異変を伝える。

『グアム』のミサイルシステムは垂直発射装置《VLS》を採用している。ミサイルを保護しているハッチが開かなければ、発射は不可能だ。

「やむを得ませんね。ミサイル攻撃は中止します」

クラークの切り替えは早かった。所詮は牽制《けんせい》、攻撃に拘泥《こうでい》する必要は無い。

彼は発進をさらに急がせようと、航法担当の水兵へ顔を向けた。

しかし彼が急《せ》かすよりも早く、艦の状況を監視しているシステムが警報を発した。

「何事です⁉」

けたたましいブザーの音に負けないよう、クラークが声を張り上げる。

「浸水です！　艦の外殻に複数の亀裂が発生しています！」

回答の声はクラークのものより大きく、ヒステリックだった。

「隔壁緊急閉鎖！」

「駄目です、間に合いません！」

戦闘指揮所《CIC》をパニックが支配する。

「亀裂拡大！　艦が、分解します！」

不吉な軋《きし》みのすぐ後に、クラークは大きな揺れと浮遊感を覚えた。

椅子が傾いている。

『グアム』が沈没しているのだと、クラークは覚《さと》った。

「――――」

叫ぼうとして声にならず、彼の思考はそこで途絶えた。

幸いに、と言うべきだろうか。

エドワード・クラークは、溺死の耐え難い苦しみを体験せずに済んだ。

『グアム』の沈没が誰の目にも明らかになった時点で、クラークの生命は尽きた。

彼の死体が引き上げられることは無い。

バラバラに散った白骨から、その死が明らかになることも決して無い。

彼の肉体は、意識の断絶と同時に消失していた。

元素のレベルにまでバラバラに分解されて、一部は海に溶け、残りは泡となって消えた。

◇　◇　◇

沈み行く強襲揚陸艦を映しているメインスクリーンに向けていた『シルバー・ホーン』を、達也《たつや》がホルスターに戻す。

指令室に詰めているのは皆、四葉家《よつばけ》の優秀な魔法師ばかりだ。特に恵まれた超感覚の持ち主が選び出されている。にも拘《かか》わらず、達也《たつや》の身体《からだ》から放たれた魔法の気配を感じ取れた者は、わずか三人しかいなかった。

「達也《たつや》様、お疲れ様でした」

その内の一人、深雪《みゆき》が抑えた口調で達也《たつや》を労《ねぎら》う。彼女の声を耳にした指令室のスタッフは、そこに勝利の歓《よろこ》びも、露《あら》わな賛美も込められていなかったことに訝《いぶか》しさを覚えた。しかしすぐに、次期当主として他人の目を気にしているのだろうと独りで納得した。

達也《たつや》が『分解』で『グアム』を沈めたことに気付いたのは三人。

だがエドワード・クラークを『雲散霧消《ミスト・ディスパージョン》』で葬《ほうむ》ったことに気付いていたのは、深雪《みゆき》一人だった。

クラークは潜在的な魔法師だったがその力は微弱なもので、その肉体の分解が達也《たつや》の負担になったとは、深雪《みゆき》は考えていない。

しかしそれはあくまでも、魔法力に負担が掛からなかったというだけだ。人間を直接消し去ることに達也《たつや》が何の抵抗も覚えていないとは、深雪《みゆき》は思っていなかった。

「ありがとう。これで戦闘は一段落付いた。そう考えて良いと思う」

達也《たつや》は何事も無かった顔で、深雪《みゆき》の慰労に応えた。

「深雪《みゆき》、皆に勝利宣言を」

そして深雪《みゆき》が顔を曇らせる前に、達也《たつや》は彼女に総大将の役割を演じるよう促す。

「いえ、それは達也《たつや》様が……」

深雪《みゆき》は目を丸くして、いったん首を左右に振った。

「深雪《みゆき》」

だがもう一度達也《たつや》に名を呼ばれて、それが自分に与えられた役目だと思い直した。

女性スタッフが深雪《みゆき》の前にマイクスタンドを設置する。

マイクに向かって姿勢を正した深雪《みゆき》にカメラが向けられる。

達也《たつや》がフレームの外に下がる。

サブスクリーンが、深雪《みゆき》のミディアムショットを映し出した。

深雪《みゆき》は凜《りん》とした表情で正面に据えられたカメラに目を向け、落ち着いた声で話し始める。

「四葉家《よつばけ》次期当主・司波《しば》深雪《みゆき》の名を以《もっ》て、戦闘の終結を宣言します」

そこで深雪《みゆき》は、大きく息を吸い込んだ。

◇◇◇

『わたしたちの、勝利です！』

深雪《みゆき》の宣言に応えて、歓声が沸き上がる。

北東海岸部を中心にして、巳焼島《みやきしま》の至る所で。

それは勝利を歓《よろこ》ぶ声であり、若く美しい指導者に熱狂する声でもあった。

『わたし、司波深雪《しばみゆき》は当主、四葉真夜《よつばまや》に代わり、皆さんの奮戦に感謝の言葉を贈りたいと思います。ありがとうございました』

島内のあちこちに設置されたスクリーンの中で、深雪《みゆき》の映像が全身像に切り替わる。足の爪先から頭の天辺《てっぺん》、髪の先端に至るまで非の打ち所の無い美女が、スクリーンの中で優雅に一礼する。

島は、ますます熱烈な歓声に包まれた。

◇　◇　◇

深雪《みゆき》による全島向けの放送が終わり、彼女に向けられていたカメラが片付けられる。

達也《たつや》は深雪《みゆき》を称賛し、労《いたわ》った後、通信を担当しているスタッフの席に歩み寄った。

「すまない。代わってもらえるだろうか」

その女性職員は達也《たつや》よりも年上だった。だが彼のぞんざいな言葉遣いに気分を害した様子は見せなかった。この部屋にいる者は皆、達也《たつや》の実力をこの一時間足らずで見せつけられ、思い知らされていたのだ。その女性スタッフは帝王に額《ぬか》ずく様な恭《うやうや》しい態度で、達也《たつや》に席を譲った。

達也《たつや》は慣れた手付きで、通信機を衛星インターネット回線に接続した。

◇　◇　◇

『私は日本の魔法師、司波達也《しばたつや》です』

　そのメッセージは、そんなありきたりな挨拶で始まった。

『本日、日本時間八月四日午前九時四十一分、私は新ソ連、ビロビジャンのミサイル施設を魔法で破壊しました。これは当該基地から私が滞在中の日本領・巳焼島《みやきしま》へ向けて極超音速ミサイルが撃ち込まれたことに対する自衛行動です』

　しかし、それに続く言葉は「ありきたり」の対極に位置するものだった。

『ミサイルは着弾前に破壊しましたが、第二弾、第三弾が撃ち込まれる懸念《けねん》を無視できませんでした』

『交渉の余裕はありませんでした。交渉相手を探している内に、次のミサイルが飛んでくるかもしれなかったのです』

『それ故に私はミサイル発射施設の破壊を決断し、実行しました』

『またミサイル攻撃と同時に、戦略級魔法トゥマーン・ボンバによる攻撃を受けました。私はこの魔法による被害を防止する為《ため》、新ソ連の国家公認戦略級魔法師イーゴリ・ベゾブラゾフを魔法で狙撃しました』

『その結果、イーゴリ・ベゾブラゾフが死亡した可能性を、私は否定しません』

『繰り返し明言します。これは自衛行動です。国際的な法秩序を踏みにじるテロ行為ではありません。完全に合法的な行為であり、その結果に対する責任は無法な奇襲を行った新ソビエト連邦とイーゴリ・ベゾブラゾフ本人が負わなければなりません』

『私は自分が持つ力を、法秩序を破壊するテロ行為に用いる意志はありません。現在も、将来も、テロ行為には決して手を染めないと誓います。ですが攻撃を受け、あるいは差し迫った脅威に曝《さら》され、自衛の為《ため》に必要と認めるならば武力の行使を躊躇《ためら》いません』

『私が自衛に不足の無い武力を有していることは、理解していただけたと思います。大規模な爆発、無差別の殺戮《さつりく》、著しい生活基盤の破壊を伴うことなく、私は私に向けられた不当な攻撃に対処することができるのです』

『それが世界中の、何処《どこ》から加えられたものであろうとも』

ここで達也《たつや》は、意図的に口調を変えた。

『もう一度、ここに宣言する。私は魔法師とも、そうでない者とも平和的な共存を望んでいる。だが自衛の為《ため》に武力行使が必要な時は、決して躊躇《ためら》わない』

この音声メッセージは、日本国内は無論のこと、USNA、新ソ連、大亜連合、東南アジア同盟諸国、オーストラリアの、政府広報窓口と民間ニュースサイトに直接届けられた。

このメッセージが送信された時刻は日本時間午前十時。USNA東海岸では夜の九時だったが、アメリカ国内では十分も経《た》たない内に、インターネットニュースサイトばかりか主要テレビネットワークまでもがトップニュース扱いで報じた。

新ソ連は約一時間後、メッセージの内容を事実無根と否定した。ミサイルを発射した事実も無ければ、基地が破壊された事実も無い、と。

だがそれを待っていたかのように、USNA国防総省が破壊されたビロビジャンミサイル基地の衛星写真を公開。それによって達也《たつや》のメッセージは、疑いなく事実であると世界に受《う》け容《い》れられる信憑性《しんぴょうせい》を獲得した。

またこれに便乗してアメリカ国防総省は、巳焼島《みやきしま》に対する奇襲が新ソ連のエージェント、エドワード・クラークが偽造した偽の命令によるものであり、奇襲に関わった兵士はクラークに騙された被害者であると主張。日本政府に対して一応の謝罪を行うと共に、事態をエスカレートさせないよう冷静な対応を求めた。

達也《たつや》はUSNA政府の主張を、否定しなかった。

世界は、達也《たつや》が個人でUSNA、新ソ連、大亜連合、インド・ペルシア連邦の、所謂《いわゆる》四大国の戦略軍に匹敵、あるいはそれを凌駕《りょうが》する抑止力を保有していると認識した。

◇　◇　◇

深雪《みゆき》が島内に向けて終結宣言を出し、達也《たつや》が世界に向けたメッセージを発信した後も、実は一連の戦闘の、全てが片付いていたわけではなかった。

巳焼島《みやきしま》に海中から艦対地ミサイルを放った新ソ連のミサイル潜水艦『クトゥーゾフ』は、行動不能になっておよそ一時間が経過した後、諦めて浮上した。

非常用ボートで潜水艦から逃げ出した新ソ連兵を、巳焼島《みやきしま》守備隊は戦闘と無関係の漂流者として救助し、『クトゥーゾフ』は達也が分解して沈めた。

［10］

日が変わるのを待たず、八月四日の午後から、マスコミは大挙して巳焼島《みやきしま》に押し寄せた。

無論、目的は達也《たつや》だ。

巳焼島《みやきしま》の近海で突如現れ突如消えた、季節も場所も規模も異常な氷原のことは国立の気象台だけでなく民間でも観測されていたが、普段なら一面トップの特ダネのはずのこの怪奇現象の真相を探ろうとした記者は皆無だった。

テレビも新聞もネットのニュースサイトも、誰も彼もが達也《たつや》にマイクを突き付け、少しでもセンセーショナルなコメントを取ろうと攻勢を掛けた。

達也《たつや》は取材を拒まなかったが、マスコミの要求に全て応えたわけでもなかった。マスコミの希望を全て叶《かな》えようとしたなら、彼は食事も睡眠も取れなかっただろう。

中には挑発的な態度で達也《たつや》の行動はテロに他ならず彼の声明は国際社会に対する挑戦ではないか、と質問の形で持論をまくし立てた記者もいた。達也《たつや》を挑発するだけに止まらず、彼を犯罪者と決め付けて記事を書いた新聞社、番組で糾弾した放送局もあった。——それらは以前から魔法師を目の敵《かたき》にする報道を続けてきたメディアグループに属する会社だった。

しかし政府がすぐさま、達也《たつや》の取った行動は国内法でも国際法でも合法だったと断言したことで、そうした一部マスコミの声は世論を動かすには至らなかった。

日本政府の素早い対応は、日本の領土を狙ったミサイルに国防軍は何故《なぜ》対処しなかったのか、実はミサイルを探知できなかったのではないかという疑問と批判を打ち消す目的があったと思われる。

防衛省は極超音速ミサイルを発射時点から探知していたと反論し、達也《たつや》にミサイル迎撃を委託したのはかねてより政府が魔法協会と締結していた防衛協力に関する覚え書きに則《のっと》ったものだと主張した。

これは強弁ではないか、という印象を持った国民は少なくなかったが、覚え書き自体は以前から公表されていた物なので、その疑念が大きな「声」となることはなかった。

ただ、日本政府のコメントだけでは、そこまで世論が影響されることはなかったかもしれない。より大きな影響力を発揮したのはおそらく、アメリカの軍事専門家、外交評論家、国際法学者が相次いで達也《たつや》を擁護したことだろう。

この問題には日本人よりアメリカ人識者の方が、積極的に発言した。アメリカの専門家と呼ばれている人々は、少なくとも意見を公表した者は例外なく、達也《たつや》がビロビジャン基地を攻撃しベゾブラゾフを殺害したのは――なお新ソ連はベゾブラゾフの死亡も否定している――自衛であり合法だったと、様々な根拠を付けて主張した。

彼らの熱心な態度は、ホワイトハウスが裏で糸を引いているのではないかという憶測を生む程のものだった。

肯定的な世論が支配的になったネタは、マスコミにとって旨《うま》みが少ない。批判こそがジャーナリズムの存在意義という信念は、二十一世紀末においても根強く残っている。

事件発生からわずか三日後には、マスコミは新たなネタに飛びつき巳焼島《みやきしま》から一斉に引き揚げた。

八月七日、後に『巳焼島事変《みやきしまじへん》』と名付けられた事件の三日後。

北アメリカ大陸合衆国《USNA》国防長官リアム・スペンサー、緊急来日。この出来事は日米両国で、非常に大きな驚きを持って報じられた。

第三次世界大戦を境にアメリカの大統領が外遊しなくなって以来、国務長官と国防長官の外遊がUSNAのトップ外交だ。しかもリアム・スペンサーは次期大統領候補最右翼の呼び声も高い大物政治家。

そのスペンサー長官がこの時期に日本を、予告無しに訪れる。そこに大きな意味を見出《みいだ》さなかった者は、政界にも経済界にもマスコミ業界にもいなかった。

達也《たつや》のことがどうでも良くなったのは、当然の成り行きだろう。

人々はスペンサー国防長官と首相の会談が終わりプレス発表が始まるのを、固唾を呑《の》んで待ち構えていた。

◇　◇　◇

同日、マスコミが去り平穏を取り戻したかに見えた巳焼島《みやきしま》を、ＵＳＮＡの秘密特使が訪れた。

そのことで大騒動――は、起こらなかった。

その日、伊豆諸島《いずしょとう》はあいにくの雨だった。

「ミユキ、ただいま！」

その雨雲を吹き飛ばすかのような、元気で、底抜けに陽気な声。

「十日ぶり、で良《い》いのかしら！　……って、あんまり驚いてないみたいね」

その声はすぐに少し不満そうな、「当てが外れた」とでも言いたげな口調に変わる。

「お帰りなさい、リーナ。思っていたよりも早かったわね。嬉《うれ》しいわ」

今にも唇を尖《とが》らせそうな表情をしていたリーナは、深雪《みゆき》が最後に付け加えた一言に、照れ臭そうな笑みを浮かべた。

リーナは深雪《みゆき》に案内されて、東海岸の研究施設に案内された。マスコミの取材から解放された達也《たつや》は、ここで『恒星炉』の心臓部、魔法式を複写・保存する人造レリックの量産に取り組んでいた。

「リーナ、お帰り」

顔を合わせるや否《いな》や先手を取られて、リーナはやや恥ずかしげに「ただいま」と応じた。

「——ねえ！　ミユキもタツヤも何でそんな、当たり前みたいな態度なの!?」

そしてすぐに、憤慨した声を上げる。

「何のことだ？」

「何って、『お帰り』よ！　おかしいとは思わないの!?」

客観的に見れば、正しい指摘かもしれない。

だがリーナが口にするには不適当な、自爆発言だった。

「あら、最初に『ただいま』って言ってくれたのは、リーナの方だったと思うのだけど」

「ウグッ……」

すかさず深雪《みゆき》から反撃を受けて、リーナは息を詰まらせる。

「俺も深雪《みゆき》も、リーナが必ず帰ってくると信じていたからな」

続いて達也《たつや》が、一欠片《ひとかけら》の冗談も含まれていないと感じさせる口調で「必ず」「信じていた」と言い切った。

「は、恥ずかしい人たちね！」

リーナの暴言にも、深雪《みゆき》の笑顔と達也《たつや》の平然とした表情は崩れない。

「……バカ」

顔を真っ赤にして俯《うつむ》いたリーナが再起動するまでには、五分の時間を要した。

「コホン」

五分後、まだ少し赤みを残す顔で、リーナがわざとらしく咳払《せきばら》いをする。

達也《たつや》は笑って良いものかどうか少し迷って、真面目な顔で次の言葉を待った。

「ホワイトハウスから、達也《たつや》宛の親書を預かっているわ」

「ホワイトハウスからの親書⁉　大統領から⁉」

深雪《みゆき》が目を真ん丸にする隣で、達也《たつや》は訝《いぶか》しげに眉《まゆ》を顰《ひそ》める。

「日本政府ではなく俺宛に……？」

彼は封書の宛名が間違いなく自分になっているのを確かめてから、

「リーナ、ここで開けても構わないか？」

リーナにそう訊《たず》ねた。

「むしろそうして頂戴。ワタシも内容を知らないから、教えてくれると嬉《うれ》しい」

期待の眼差《まなざ》しを向けるリーナに頷《うなず》いて、達也《たつや》はペーパーナイフ代わりのクラフトナイフを手に取った。

今や儀礼的な公式書簡くらいでしかお目に掛かれない封筒の中から、これも今では希《まれ》な厚手の便箋を取りだし、自分だけでなく深雪《みゆき》とリーナにも見えるように広げる。

もっとも二人は、達也《たつや》宛の手紙を横からのぞき見るような無作法な真似《まね》はしなかった。

親書はわざわざ英語と日本語で、同じ内容が書かれていた。かなり長く細かい文章だったが、達也《たつや》は英語文と日本語文の両方を最後まで一気に読み通して顔を上げた。

「簡単に言えば、和解の申し出だ」

達也《たつや》のセリフは十分に予想できたものだったので、深雪《みゆき》もリーナも少しも驚きを見せず、むしろ納得顔で頷《うなず》いた。

「太平洋地域の平和を維持する為《ため》、親密な協力関係を築きたいと書かれている」

この言葉に対する反応は、深雪《みゆき》とリーナで二通りに分かれた。

深雪《みゆき》が特別な感慨を覚えていないことが明らかな、反応の薄い顔をしていたのに対して、リーナは呆《あき》れ気味に苦笑していた。曲がりなりにもＵＳＮＡの高級士官だった彼女は「太平洋地域の」と限定を付けた意図を、すぐに覚《さと》ったのだ。

これは要するに、「大西洋には手を出すな」という意味だ。

達也《たつや》もそれを理解していたが、素《もと》より大西洋地域のトラブルにまで首を突っ込むつもりは無かったので特に反発を覚えることもなかった。

それよりも彼は、こちらの方が気になった。

「リーナ」

達也《たつや》がリーナを見て薄らと笑う。

「な、なに？」

不吉な予感に、リーナの顔が微《かす》かに引《ひ》き攣《つ》った。

「協力の意思が偽りでない証《あかし》に、アンジェリーナ・シールズ中佐を協力者として無償無期限で貸し出す、と書かれているぞ」

「何ですってぇ⁉」

絶叫した後、リーナは固まってしまう。

「凄《すご》いな。リーナは中佐に昇進したのか」

「ちょっ、ちょっと待ってよ！」

しかしすぐに、焦《あせ》った顔で反論を始めた。

「ワタシ、スターズを辞めてきたのよ！　退役届だって受け取ってもらったわ！」

「だからアンジー・シリウス少佐ではなくアンジェリーナ・シールズ中佐なんだろう」

「そんな……詐欺よ！」

絶句するリーナの呆然《ぼうぜん》とした表情に、達也《たつや》が「フッ……」と小さく笑い声を漏らした。

「……わざわざ無期限と書いているんだ。向こうもリーナがアメリカ軍に戻ってくるとは考えていないだろう。ただ亡命されたのでは体裁が悪いから、レンタルということにしたんじゃないか？」

「そういうことなら……って、ワタシは品物じゃないわよ！」

ホッとしたり怒ったり、とにかくリーナは忙しい。

「あと、恒星炉プロジェクトのスポンサーになりたいとも書かれているな」

取《と》り敢《あ》えずリーナは好きにエキサイトさせておくことにして、達也《たつや》は次の、無視できないポイントに話を移した。

「スポンサー、ですか？」

その話題に、深雪《みゆき》がすぐ反応を見せる。

「資金を出す代わりに技術を提供しろ……ということでしょうか」

「多分、そうだろう」

多分、と言うより他に解釈できない。

「こちらとしては、最初から技術提供を予定していたんだがな」

達也《たつや》の目的は、魔法の非軍事目的利用の技術を普及させることである。

それによって魔法師を兵器の宿命から解放する。

深雪が兵器として使い潰される未来を別の可能性で塗り潰す。

USNAの要求は、言われるまでもないことだった。

「まあ、資金は幾らあっても多すぎるということはない。出資してくれるというなら、ありがたくもらっておこう」

達也《たつや》はリーナを放置するのを止めて、彼女に目を向けた。

「ところでリーナ、返事はどうすれば良い？」

リーナはパチパチと数度瞬《まばた》きして、一人相撲の世界から戻ってきた。

「……えっと、返事よね？　できれば今日中にお願いできるかしら。明日、東京に来ている国防長官に届けることになっているの」

「分かった。この内容なら本家に相談する必要も無い。すぐに書こう」

達也《たつや》はクラシックな万年筆を引出しから取り出して、態々《わざわざ》親書に同封してあった便箋に肉筆で返事を認《したた》め始めた。

その傍《かたわ》らで、達也《たつや》の邪魔にならないよう声を低くして深雪《みゆき》がリーナに話し掛ける。

「それにしてもリーナ、能《よ》く思い切ったわね」

深雪《みゆき》が念頭に置いていたのは、去年の冬にパラサイトの集合体を斃《たお》した後のことだ。

あの時、達也《たつや》はリーナに「軍人であることを辞めたければ、力になれる」と手を差し伸べた。

それに対してリーナは「スターズを抜けたいなんて思っていない」と達也《たつや》の申し出を拒んだのだった。

「思い切ったって、軍を辞めたこと？」

この答えがすぐに出てきたことで、リーナもあの時の会話を忘れていないと分かった。

「まあね。あれからワタシも色々と考えさせられたし……。まだティーンエイジャーなのにやりたくないことを『やりたくない』って心の奥底で思いながら、自分の本音から目を逸《そ》らし、無理して続けるなんて間違っているんじゃないかと気付いたのよ」

リーナは照れ臭そうに、それでもしっかりした口調で、心境の変化を告白した。

「それに気付けたのはアナタたちの御蔭《おかげ》よ。感謝してる」

深雪《みゆき》が穏やかな笑顔で首を振る。

「決心したのは貴女《あなた》よ、リーナ。心理的なものだけでも、スターズ総隊長のしがらみを振《ふ》り解《ほど》くのは大変だったでしょう。本当に、凄《すご》いと思うわ」

リーナが目を逸《そ》らし、露骨な照れ隠しの口調で「ワタシのことより」と言う。

「思い切ったといえば、タツヤよ」

それに続くこのセリフが、深雪《みゆき》の顔から笑みを奪った。

深雪《みゆき》から目を逸《そ》らしているリーナは、その変化に気付いていない。

「あんな声明を出すなんて、これからタツヤは大変よ。今や、世界中がタツヤを意識している。意識せずにはいられなくなっている。タツヤが注目される度合いは、シリウスの比じゃないでしょうね、きっと」

深雪《みゆき》は顔から血の気が引き、微《かす》かに震えてすらいる。

「ミユキ？　ちょっと、どうしたの⁉」

ようやく深雪《みゆき》の異変に気付いたリーナが、狼狽《ろうばい》した声を掛けた。

「な――」

「俺が」

深雪《みゆき》が「なんでもない」と言い掛け、そこに達也《たつや》がセリフを被《かぶ》せた。

「自分で決めたことだ」

達也《たつや》は顔を上げず、万年筆を動かしながら淡々とした口調で続けた。

「深雪《みゆき》が気に病む必要は無い」

「……はい」

深雪《みゆき》は反論しようとして、止めた。

無理矢理、笑みを作った。

自分が嘆くのは間違っている。それは達也《たつや》の決意を侮辱し蔑《ないがし》ろにする行為だと、彼女には分かってしまったのだ。

達也《たつや》が世界に送ったメッセージにより、深雪《みゆき》の戦略級魔法『氷河期《グレイシャル・エイジ》』の存在は有耶無耶《うやむや》になった。

取り敢えず、い、い、深雪《みゆき》に戦略級魔法師の役目が押し付けられることは、彼女が兵器としての役割を強制される未来は、遠ざけられた。

だがその代償は大きい。達也《たつや》は今や世界にとって、一人の魔法師、一人の個人ではなく、抑止力という力そのものになった。
達也《たつや》が軍事力として機能することを求められない未来。
彼が兵器であることを強要されない未来は、
絶望的に、遠ざかった。

達也《たつや》と深雪《みゆき》、二人にとっての理想である、
人として当たり前の未来は、
未《いま》だ、見えない。
未来は、未《いま》だ、来たらず——。

〔未来編　完〕

あとがき

『魔《ま》法科《ほうか》高校《こうこう》の劣等生《れっとうせい》』第三十一巻『未来編』をお送りしました。

如何《いかが》でしたか？

お楽しみいただけましたでしょうか？

今回のサブタイトルは捻《ひね》ったと言いますか、捻《ひね》くれていると自分でも思います。

皆様は「未来」について、どのように感じていらっしゃるでしょうか。

――未《ま》だ、来ていない。いずれ来るに違いない。

――未《いま》だ、来ない。来る様子が無い。来るとは思えない。

若い頃は、前者だと思っていました。そうですね、一九八〇年代までは。

単に年齢だけでなく、時代的な要素もあるでしょう。一九九〇年代、正確には一九九〇年一月以降、私の「未来」観は後者のものとなりました。

それ以前から閉塞感はありました。その予兆のようなものは。しかしあの一九九〇年代最初の年から、閉塞感は決定的なものになったような気がします。一般的には、バブル崩壊は一九九一年三月とされているようですが、私の実感では、絶頂から転げ落ちた次の瞬間から閉塞状況は始まっていました。

この作品の登場人物を捕らえている閉塞状況は私が感じているものより遥《はる》かに深刻ですが、出自はほぼ間違いなく、私自身の未来観だと思います。

……まあ物語の紡《つむ》ぎ手としては、悲観しているばかりでは能が無いと思うわけでして。

未来は「未《ま》だ来ていないだけ」の世界を、せめてフィクションの中では実現できるよう頑張ります。

フィクションと言えば。

「この物語はフィクションです。物語に登場する名称は、実在の人物、団体、建造物とは一切の関係がありません」

ということの決まり文句を、改めて申し上げなければならないようです。

うっかりしていました。架空の原子力潜水艦に『バージニア』は、さすがにまずい。しかしこの名称は前巻で確定済みです。というわけで「この物語はフィクションです」「実在の艦船とは一切の関係がありません」。

おそらく今後も似たようなことを仕出かすと思いますが、笑って見逃してください。

……この巻でもまだまだありそうですね。

さて、次の第三十二巻ですが。

サブタイトルは――秘密です。未定ではなく、秘密。何故《なぜ》なら、ネタバレになるからです。とはいえ既にお話ししているような気もしますし、刊行前にはどうせ明らかになるので悪あがきでしかないのですが。それでも第三十二巻は、読者の皆様になるべく先入観の無い状態でお楽しみいただければ、と考えている内容になっておりますので。

それでは次巻『魔《ま》法科《ほうか》高校《こうこう》の劣等生《れっとうせい》』第三十二巻に、どうぞご期待ください。

（佐島《さとう》　勤《つとむ》）

◉佐島　勤著作リスト

「魔法科高校の劣等生①〜㉛」（電撃文庫）
「魔法科高校の劣等生SS」（同）
「魔法科高校の劣等生　司波達也暗殺計画①〜③」（同）
「ドウルマスターズ1〜5」（同）
「魔人執行官《デモーニック・マーシャル》　インスタント・ウィッチ」（同）
「魔人執行官《デモーニック・マーシャル》2　リベル・エンジェル」（同）
「魔人執行官《デモーニック・マーシャル》3　スピリチュアル・エッセンス」（同）

本書に対するご意見、ご感想をお寄せください。

ファンレターあて先
〒102-8177　東京都千代田区富士見2-13-3
電撃文庫編集部
「佐島 勤先生」係
「石田可奈先生」係

本書は書き下ろしです。

電撃文庫

魔法科高校《まほうかこうこう》の劣等生《れっとうせい》㉛

未来編《みらいへん》

佐島《さとう》 勤《つとむ》

2020年4月10日　初版発行
2023年1月15日　7版発行

発行者　山下直久
発行　株式会社KADOKAWA
〒102-8177　東京都千代田区富士見2-13-3
0570-002-301（ナビダイヤル）
装丁者　荻窪裕司（META＋MANIERA）
印刷　株式会社 KADOKAWA
製本　株式会社 KADOKAWA

ISBN978-4-04-913067-6　C0193　Printed in Japan

電撃文庫　https://dengekibunko.jp/

電撃文庫創刊に際して

文庫は、我が国にとどまらず、世界の書籍の流れのなかで〝小さな巨人〟としての地位を築いてきた。古今東西の名著を、廉価で手に入りやすい形で提供してきたからこそ、人は文庫を自分の師として、また青春の想い出として、語りついできたのである。

その源を、文化的にはドイツのレクラム文庫に求めるにせよ、規模の上でイギリスのペンギンブックスに求めるにせよ、いま文庫は知識人の層の多様化に従って、ますますその意義を大きくしていると言ってよい。

文庫出版の意味するものは、激動の現代のみならず将来にわたって、大きくなることはあっても、小さくなることはないだろう。

「電撃文庫」は、そのように多様化した対象に応え、歴史に耐えうる作品を収録するのはもちろん、新しい世紀を迎えるにあたって、既成の枠をこえる新鮮で強烈なアイ・オープナーたりたい。

その特異さ故に、この存在は、かつて文庫がはじめて出版世界に登場したときと、同じ戸惑いを読書人に与えるかもしれない。

しかし、〈Changing Times,Changing Publishing〉時代は変わって、出版も変わる。時を重ねるなかで、精神の糧として、心の一隅を占めるものとして、次なる文化の担い手の若者たちに確かな評価を得られると信じて、ここに「電撃文庫」を出版する。

1993年6月10日
角川歴彦

二月 公
イラスト／さばみぞれ
声優ラジオのウラオモテ
#01 夕陽とやすみは隠しきれない？
オモテは元気&清楚なアイドル声優／
ウラはギャル&根暗地味子な女子高生!?
プロ根性で世界をダマせ！
バレたらアウトの声優ラジオ
Now On Air!!
第26回
電撃小説大賞
大賞
受賞
電撃文庫

春――。名門キンバリー魔法学校に、今年も新入生がやってくる。黒いローブを身に纏い、腰に白杖と杖剣を一振りずつ。胸には誇りと使命を秘めて。魔法使いの卵たちを迎えるのは、満開の桜と魔法生物のパレード。喧噪の中、周囲の新入生たちと交誼を結ぶオリバーは、一人に少女に目を留める。腰に日本刀を提げたサムライ少女、ナナオ。二人の、魔剣を巡る物語が、今始まる――。

電撃文庫

SWORD ART ONLINE
ソードアート・オンライン
川原 礫
イラスト/abec
「これは、ゲームであっても遊びではない」
《黒の剣士》キリトの活躍を描く
究極のヒロイック・サーガ!
電撃文庫

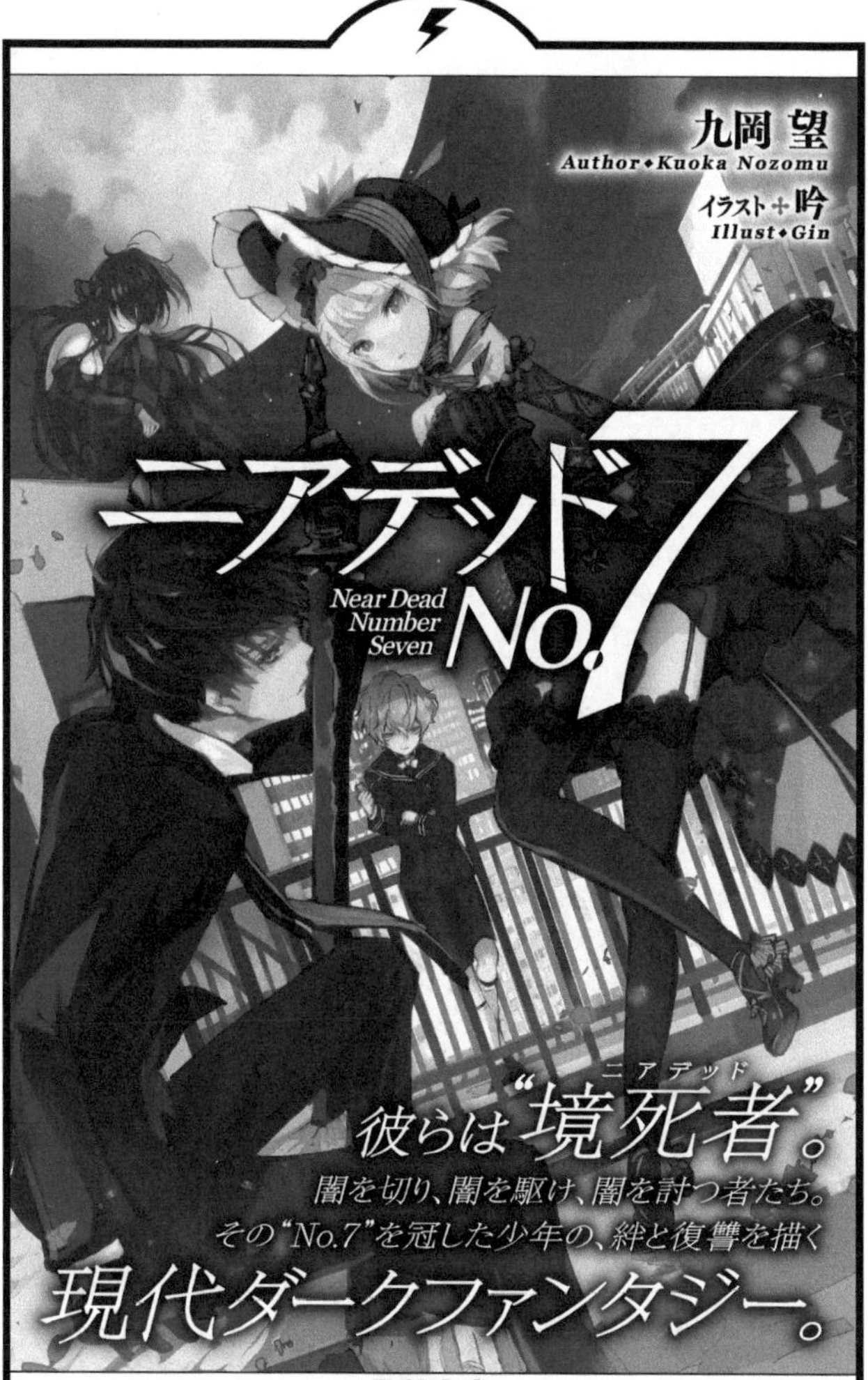
九岡 望
Author◆Kuoka Nozomu
イラスト✣吟
Illust◆Gin
ニアデッドNo.7
Near Dead Number Seven
彼らは“境死者《ニアデッド》”。
闇を切り、闇を駆け、闇を討つ者たち。
その“No.7”を冠した少年の、絆と復讐を描く
現代ダークファンタジー。
電撃文庫